Manual
de oportunidades
de Javi

Manual
de oportunidades
de Javi

María Flores Letelier
J L Flores

Ilustraciones de Angela González

Flores Letelier, María
    Manual de oportunidades de Javi / María Flores Letelier, J L Flores; ilustradora
Angela González.
    200 páginas : ilustraciones ; 19 cm. -- (Colección Conversación Siglo XXI)
    Incluye bibliografía.

MANUAL DE OPORTUNIDADES DE JAVI

Primera edición: abril de 2016
ISBN 978-0-9977110-9-7

Este libro se compuso en caracteres Caslon y Alegreya Sans.

Contenido

Capítulo 1

La gran revelación

Creo que hoy he llegado a una GRAN revelación. Bueno, al menos es una gran revelación para una niña. Me he dado cuenta de que los niños ruidosos —que hacen mucho ruido e insisten hasta lograr lo que quieren— suelen conseguir lo que buscan. Hay un chico de mi escuela, Sebastián, que ha perfeccionado esta táctica. Dos veces por semana, cuando sus padres llegan a buscarlo, Sebastián grita y patalea como una alarma de auto durante cinco minutos. Al día siguiente, con una gran sonrisa en sus labios, llega con un juguete nuevo en las manos.

¡¿Quién lo pensaría!? Mi hermanita es realmente una profesional de esta estrategia. Cuando ella quiere algo, primero dice suavemente lo que quiere. Es como un suave murmullo: "Quiedo helado". Entonces, cuando le dicen que no, se pone a gritar con todos sus pulmones: "¡QUIEDO HELA-DOOOOO!" ¡A veces, ese ruido agudo y estridente

1

hasta hace llorar al perro del vecino! Por supuesto, nadie quiere problemas con sus vecinos. Por lo menos esa es la excusa que mis padres siempre usan para rendirse y consentir a la pequeña Amalia.

Pero ese simplemente no es mi estilo. Ya tengo doce años. Debes respetar LA edad. La edad requiere avanzar por la "escalera de la madurez". O sea, doce es casi trece. Y trece es adolescente. Y eso sí que es algo grande. Además, la mitad del tiempo, cuando quiero algo, me siento igual que un perro ladrando fuerte mientras alrededor mío todos siguen preocupados por sus asuntos.

Es hora de enfrentar los hechos: ¡Hay algo que no funciona con mi enfoque! Observar a Benjy Fine, por otro lado, te hace pensar. Benjy es un niño que va en sexto grado y quiso ganar algo de dinero para salir con sus amigos los fines de semana. Sus padres no le quisieron dar todo el dinero que él necesitaba para ir al cine, comprar algo de comer para la película, y un helado después. Hay que

Gritar a todo
PULMÓN
Solo funciona con
unos cuantos
TALENTOSOS
Utiliza esta estrategia bajo
tu propio riesgo y
responsabilidad.

tener algo bien claro desde el principio: una tarde con tus amigos puede ser muy costosa. Pero Benjy no se arroja al suelo, pataleando y gritando como ese niño Sebastián o como mi hermanita. Benjy tiene una banda en el colegio, y él toca la guitarra principal. Es bastante bueno, al menos para un niño de sexto grado. No es Beethoven —ya sabes, el genio músico con cara de enojado, ese de hace cientos de años atrás— pero sí tiene ideas geniales.

La idea más genial de todas las ideas que he escuchado ocurrió hace poco: Benjy le pidió a todos los profesores que repartieran volantes y le mandaran alumnos para enseñarles guitarra. ¿Y adivinen qué? ¡Realmente le mandaron clientes! Él gana cinco dólares por cada treinta minutos que pasa con estos aspirantes a rockeros. ¡Es increíble! Tiene a los profesores trabajando para él y a los padres pagándole. ¡Literalmente movió cielo y tierra solo para poder ir al cine! Y logró este gran milagro sin ningún tipo de DRAMA. Varios de mis amigos

¿Qué!?
Benjy tiene
ADULTOS TRABAJANDO
para ÉL???

4

se han puesto muy dramáticos últimamente. No sé por qué esto está sucediendo ahora, a los doce años. Pero Benjy no, claramente él respeta La Edad. Realmente hay mucho que aprender observando a un chico así.

Quedé más y más impresionada mientras veía a tantos profesores repartiendo volantes para él. Tengo que preguntar: ¿Qué están haciendo bien los Benjys de este mundo? ¿Será simplemente que son más simpáticos, más astutos o más encantadores que el resto de nosotros? Benjy es simpático, pero no lo llamaría astuto ni bueno para hablar.

Yo he visto a gente astuta. Demetrio Skakakun. ÉL sí que es astuto, es suave como esas sábanas de seda sobre las que mi mamá no deja que nos sentemos —o al menos eso parece creer él—. Siempre camina más lento cuando se cruza con las niñas de la escuela y de alguna manera se las arregla para chocar suavemente con los hombros de alguna de ellas. Entonces él las mira y usa su mirada especial que dice "yo sé que tú me quieres", con un leve guiño cada vez. Las Comadres, ese grupito de niñas que parece aumentar cada día, se hacen las enojadas, pero por más que intenten disfrazarlo, yo he visto cómo unas sonrisitas se dibujan en sus labios.

Así que Demetrio tiene su forma de conseguir las cosas. Es mucho más indirecta que la forma en que Benjy consigue las cosas. Pero no creo que yo pueda adoptar el estilo de Demetrio. Es que ni siquiera puedo intentar imitar esa MIRADA. Benjy, por el contrario, tiene una forma bastante directa de hacer las cosas. Por ejemplo, cuando le pidió a la Señorita Olmos que repartiera volantes, literalmente le pidió su ayuda: "Señorita Olmos, por favor,

¿podría pasar estos volantes a los papás cuando vengan a verla?" Benjy no tiene problema con solicitar ayuda o pedir lo que quiere. OK, entiendo: ¡Debes pedir aquello que deseas! Es lo que siempre le repito a Natsuki, mi amiga que siempre quiere que las personas lean su mente. "Natsuki, ¿a qué quieres jugar hoy? ¿Quieres jugar kickball? ¿Qué tal pintar? ¿Quieres ir al parque?" Ella simplemente se encogió de hombros y se quedó ahí parada, mirándome. Finalmente comprendí: lo que ella quería jugar era "hagamos que Javi juegue a adivinar".

Eso fue tan entretenido como ver crecer el pasto. A Natsuki le cuesta decir lo que quiere. Creo que el término adulto para eso es AFIRMAR su voluntad. A ella le pasa eso hasta con las decisiones simples, como decidir si quiere tomar jugo de naranja o de manzana. Siempre responde "no sé". ¿Es tan difícil decir lo que quiere? ¿O tal vez simplemente no sabe lo que quiere?

Si nos quedamos en silencio, ¿cómo sabrán los demás lo que queremos? Aunque cuando mi hermanita Amalia llora, de alguna manera mamá sabe que es porque quiere su leche. ¡Mi mamá sí lee mentes! Pero quizás esa estrategia solo le funciona para los bebés y tal vez unos cuantos niños pequeños. Puedo decir por experiencia propia que los padres pierden su mágica habilidad de leer nuestras mentes a medida que vamos creciendo. Pienso que la edad de corte para la lectura de mentes de los papás debe ser alrededor de los seis años. Cuando cumples siete, olvídate de intentar siquiera esta táctica.

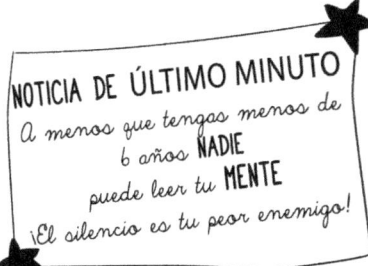

NOTICIA DE ÚLTIMO MINUTO
A menos que tengas menos de 6 años NADIE puede leer tu MENTE
¡El silencio es tu peor enemigo!

Es imposible evitarlo: debemos pedir lo que queremos. ¿Entonces por qué tengo una mejor amiga silenciosa? A pesar de tener que aguantarle varias rondas de tortuosos juegos de adivinanzas, Natsuki ha sido mi amiga desde segundo básico. Es la persona más leal que conozco. Es la única amiga que aprecia mis rarezas, incluso mis hábitos de "marimacha", como ponerme zapatillas grandes con falda, o trepar árboles. Todavía no estoy dispuesta a dejar mis hábitos poco femeninos.

Desde pequeña mi mamá me leía literatura y filosofía, muchas veces aparece eso de "todos lo hacen" o el "debe ser así". Quizás por ese mismo factor mis otras amigas se han unido cada vez más al club de las Comadres. Eso de las Comadres está bien, pero una vez que te unes al grupo, tienes que someterte al "todos lo hacen". No soy una rebelde ni nada, o sea, aún no me he hecho ningún *piercing* ni me he teñido el pelo verde. (Honestamente, mi familia me encerraría antes de permitir eso).

Pero no me voy a someter a lo que se supone que uno "debe hacer": se supone que debes sacarte buenas notas, se supone que debes vestirte con ciertas marcas o según ciertas modas, se supone que debes aspirar a ser un profesional,

¿entiendes a lo que voy? Algunas cosas que hacen las Comadres, como el campamento de tenis, son divertidas —claro, SI ES QUE te gusta el tenis—. Pero hacer las cosas solo porque se supone que "uno deba" hacerlas, bueno, yo me encuentro desarrollando una reacción alérgica cada vez más grande a esa forma de pensar.

Debo reconocerlo, nosotros los inmigrantes caemos más que nadie en la trampa del "cualquiera". Trabajamos tan duro para "surgir" que terminamos confundiéndonos, perdiendo algo de esa tenacidad inicial que nos trajo hasta acá en primer lugar. Y es que comenzar de cero en otro lugar requiere de agallas de verdad, del tipo "me importa un bledo lo que otros piensen de mí".

¿Por qué de repente me vienen las ganas de hacer algo diferente? Bueno, diferente para mí por lo menos. A lo mejor mi primo Claudio entenderá lo que me está pasando.

Capítulo 2

República de la Bi-confusión

De: javiera.vega2001@gmail.com
Para: ClaudioMoraV@hotmail.com
Asunto: Hola!

Estimado Claudio,

¡Primo! O Cuz, como se dice por estos lados. ¿Cómo van las cosas allá en la otra América? Sé que debería escribirte en español, pero mami me dice que tía Angélica te está presionando para que mejores tu inglés. Supongo que estamos en la misma: mi mamá también me presiona para que escriba con una gramática APROPIADA en español. ¡Uf! Se supone que soy bicultural, pero a veces me siento más bien *biconfundida*.

¿Te acuerdas cuando nos vinimos a este país? Yo solamente tenía seis años, ¿qué esperaba? Además, ella siempre me anda diciendo "chiquita" o "linda". A este ritmo, ¡voy a estar hablando un español de bebés por el resto de mi vida bicultural!

¿Puedes creerlo? Hasta el cuarto grado, yo pensaba que "enjoyarse" significaba "disfrutar" en español, porque mi mamá siempre nos decía que estaba "enjoyando" algo: enjoyando la comida de la abuela, enjoyando las vacaciones. ¡Yo no tenía idea que me había convertido en un chiste para los que hablaban bien el español! No fue sino hasta el año pasado, en la clase de español de cuarto grado en la escuela, que mi profesora me corrigió frente a toda la clase.

Pero no me entiendas mal: hasta ahora no me había importado vivir en tres países distintos. No todo el mundo puede viajar a dos países para visitar a sus familiares. Bueno, por lo menos a Latinoamérica (disfruté especialmente visitarlos a ustedes). Es solo que, tú sabes, me estoy sintiendo un poco diferente a los demás niños. Mira, la mayoría de los chicos acá han estado haciendo lo mismo durante toda su vida, el mismo barrio, los mismos deportes y los mismos clubes. TODO es lo mismo.

Me gustaría que pudieras ver a las Comadres. Estas chicas han estado juntas desde que eran niñas Scouts. La mayoría son latinas de "segunda generación", eso significa que nacieron aquí. Todas tomaron exactamente las mismas clases de ballet y de música, cualquier clase que esté "de moda". Hasta se visten igual —todas llevan jeans apretados y zapatos de ballet—. ¡Todos los días! Ahora se están volviendo un grupo aún más cerrado: hablan igual, huelen igual, ¡incluso creo que están comenzando a respirar al mismo ritmo!

Esta escena me hacer reír. Quiero decir, yo siempre supe que era distinta de cierta manera: más alta que el resto, con cabello color café canela, con mi piel morena rojiza, no la "latina" promedio para los estándares de este país.

Supongo que por eso la gente siempre me pregunta de dónde soy. Me lo preguntan tanto que algunas veces invento un país. Sorprendentemente, después de eso la mayoría de la gente no pregunta nada más.

Realmente no debería quejarme. Me dijeron que estabas estudiando muy duro para quién sabe qué. Mi mamá dice que los trabajos están muy escasos por allá, especialmente para los que no hablan inglés.

Así que aquí va. YO puedo ayudarte a practicar tu inglés y tú puedes escucharme mientras me desahogo. Es una OPORTUNIDAD para ambos (aunque pienso que yo salgo beneficiada en el trato).

OPORTUNIDAD es la palabra mágica. La palabra que he escuchado a mis padres repetir y repetir, o quizás debería decir cantar (ya sabes cuánto le gusta cantar a nuestra familia) desde que llegamos a este país cuando yo tenía seis años. América es la tierra de las oportunidades. La oportunidad aparece en tu puerta, ¡así dicen todos! Este es el lugar dónde puedes crecer sin tener dinero ni lazos familiares poderosos, y aun así convertirte en alguien. Mira al presidente Abraham Lincoln y a todas las personas que surgieron por sí mismos en la historia. ¡Mira a Madonna! Bueno, mejor que a ella no la mires tan de cerca (carita sonriente).

Ahora que estoy pasando al quinto grado, me he estado preguntando más y más sobre cómo nos llegan las oportunidades. Verás, tengo una misión. Este año estoy muy enfocada en ir al campamento de tenis. Todos los chicos de mi escuela van a algún tipo de campamento de verano. Hasta ahora, yo no he ido nunca. Bueno, ¡todo eso está por cambiar!

Mamá y papá dicen: "Debes estar agradecida por el simple hecho de poder ir a esa escuela". Eso no me consuela durante el verano cuando me quedo sola, pero entiendo lo que tratan de decirme. Es una buena escuela.

Mi barrio también es bastante bueno. Yo vivo como a cuarenta minutos de la ciudad. Hasta se pueden ver las luces desde la colina de un parque cercano, donde los niños de mi barrio van a jugar tenis o baloncesto y alimentar a los patos. Las casas están construidas en calles con árboles, la mayoría son casas de estilo "ranchero" con un solo piso, son casas con patios grandes para jugar fútbol (o "soccer", como le dicen acá). La gente que llega acá viene por la escuela, aunque eso signifique un largo viaje para el papá hacia el trabajo. Mamá y papá han sacrificado mucho para que yo pueda ir a la escuela aquí, seguro que tía Regina te ha contado.

En cuanto al tenis, yo aprendí a jugar sola, con una vieja raqueta que mi papá guardaba en el garaje, casi siempre pegándole a la pelota contra el muro de nuestro patio trasero. Una vez logré que jugara conmigo un chico de mi barrio, Aaron Scott. En la cancha de tenis, ¡alguien me dijo que tenía VERDADERO potencial! Así es. VERDADERO potencial —supongo que eso quiere decir que no es FALSO—. ¿Recuerdas que te había dicho que estaba haciendo gimnasia con los voluntarios locales de la "Y" desde que llegamos acá cuando tenía seis años? Finalmente he alcanzado el "nivel avanzado", y ya no hay más clases para niñas de mi edad o estatura. Desde entonces, he estado ansiosa por hacer algo, y hacerlo bien.

Este verano será diferente. Me aseguraré de eso antes de que terminen estos últimos meses de clases en la escuela. ¿Puedes imaginarme a mí como campeona mundial algún día? Sería la primera de nuestra familia. Debo ir a ese campamento, ves, para entrenar con los verdaderos profesionales. Tengo una misión. Absorberlo todo. Observar a todos y tomar notas.

Espero que no suene muy egoísta o malcriada al contarte mis sueños americanos. Realmente no me molesta hacer lo que papá o mamá llaman "cosas importantes": jugar con mi hermanita Amalia, estar con la abuela. Es lo que los latinos sabemos hacer bien, las cosas de la "familia". Eso está bien para mí. Me encantan nuestras comidas junto a mis tíos y tías, abuelos y primos cada domingo. Pero siento que el "Silbato de la Oportunidad" me llama.

Es difícil no sonar en grande aquí, todos parecen tan activos en mi mundo. Deberías ver a los chicos de mi escuela, todos practican un deporte. El deporte no es una opción acá —¡practicas un deporte o practicas un deporte!—. Todos los de mi generación crecieron con ese cuento de "Just Do It" (¡Solo Hazlo!). Es un mundo muy distinto al mundo en que mamá y papá nacieron.

Claudio, yo sé que tener una OPORTUNIDAD es muy importante para ti y todas las personas en Latinoamérica también. ¡Voy a crear un MANUAL DE OPORTUNIDADES! Quizás puedo transformar algo egoísta para mí en algo generoso para ti. Tengo nueve semanas para reunir el dinero para el campamento de tenis. Si puedo aprender algunas lecciones cada semana, espero que al final de la novena semana esté lista para ir al campamento.

Bueno, primo, tengo que irme. ¡Hablamos muy pronto!

Un abrazo,

JaviJavi

Es difícil concentrarse en tenis cuando mi mejor amiga no comparte esta pasión conmigo. A Natsuki no le gusta el tenis. En realidad, no le gusta ningún deporte. Y entonces, ¿cómo puede ser mi mejor amiga? Bueno, es rara. Y me gusta lo raro. Natsuki definitivamente anda al son de su propio tambor, que es algo que admiro mucho en una persona. Como que Natsuki y yo terminamos juntas porque nuestros padres no nos pusieron en los Scouts o las clases de danza (ni tampoco el campamento de tenis, claro). Y todas las demás chicas de la escuela parecían conocerse de todos esos grupos o clases. A la madre de Natsuki le interesaba mucho que su hija tuviera clases de piano, pero eso es todo. Y el piano es una actividad de una sola persona —no requiere ninguna interacción con otros niños—. Probablemente por eso Natsuki es algo callada en la escuela, pero eso a mí en realidad no me importa, ya que yo hablo mucho. Mi mamá dice que nací hablando. Así que Natsuki no entiende mucho mi obsesión con el campamento de tenis.

Quizás no fui Scout ni fui a ningún campamento, pero realmente soy muy atlética, ¿no lo había mencionado antes? Desde el primer grado corro más rápido que toda mi clase en educación física. Incluso gané el campeonato de caminata de la primaria cuando estaba en tercero. Algunos chicos se enojaron porque una niña les había ganado.

Dicen que un niño llamado Reeves me ganó, y que yo debí haber salido segunda, que me había sacado 0,01 kilómetros o algo así.

Desafortunadamente para Reeves, él no había entregado el dinero de su inscripción. Según yo lo veo, yo caminé por lo menos 2 km, o incluso más, alrededor del barrio recolectando el dinero de mi inscripción, casa por casa. Eso debería contar fácilmente como 0,01 km, ¿no crees?

Cuando me dan la oportunidad de participar en una competencia, ya sea en clase de educación física, después de la escuela, o en alguna carrera en el barrio, ¡cuenten conmigo! Mamá y papá y el resto de mi familia solían reírse de mí porque por años solía usar calcetines y zapatillas, incluso cuando hacían treinta grados de calor, incluso cuando tenía que andar elegante para alguna ocasión.

Me siento lista para hacer más que correr por la cuadra contra los niños del barrio. Quizás no sea buena idea decirlo en voz alta. Se supone que no debemos parecer como que queremos lucirnos más que otros, por lo menos eso es lo que siempre dice mi papá.

Podemos dar nuestro mejor esfuerzo, pero al final, lo que tiene que pasar, va a pasar gracias al factor destino. (La frase favorita de mi abuela es "Si Dios quiere"). "Guárdate tus objetivos a largo plazo en tu interior, podría ser mal agüero si los dices en voz alta". "Después de todo, es arrogante presumir que uno puede planificar demasiado por adelantado. Solo Dios sabe lo que traerá el futuro".

Lo diré de todas formas: realmente deseo mucho sobresalir en algo. Ser excelente, no solo ser buena para algo. Necesitaré un entrenamiento serio, como cualquier aspirante a deportista que quiere ser exitoso.

Por ahora, parece que estaré sola. Ni Natsuki, ni mi mamá, ni mi papá parecen entenderme. ¿Es tan extraño querer sobresalir en algo? Lo primero que debo hacer es entender todo este asunto de las oportunidades. No puedo sobresalir en algo si me quedo aquí esperando que las oportunidades vengan a mí, ¿no?

Cuando pienso en las personas que han triunfado en este país, de la nada, estoy segura que ellos buscaron su oportunidad. Estoy segura de eso. ¡Tiene que haber una manera de encontrar las oportunidades! Papá me dice que tengo suerte, que tengo la oportunidad de ser una profesional. Mi prima Fabi está en la universidad estudiando para ser abogada. Papá pudo sacar su licencia de contador. Sin embargo a la que realmente admiro es a mi mamá, que se inscribió en la universidad para estudiar Letras y Filosofía, a pesar de todos los comentarios de mi familia. ¡Yo también quiero ser así!

Dicen que hay que ir a buenas escuelas, estudiar duro, encontrar una manera de convertirse en profesional, y que así lograrás la paz y la felicidad.

Me gusta estudiar y sacarme buenas notas, pero intuyo que hay algo más en esta historia.

Me pregunto si ser un profesional es lo mismo que lograr la paz y la felicidad. Mi papá, por ejemplo, anda a menudo con el ceño fruncido y el rostro arrugado y tenso, como si acabara de golpearlo un gran huracán de preocupaciones.

Bueno, ¡basta ya de distracciones! Volvamos a lo importante: las lecciones para mi Manual de Oportunidades. Es de verdad sorprendente que Benjy haga tan fácilmente cosas que los demás niños apenas soñamos: logra que los adultos trabajen para él. Y lo mejor es que se alegran mucho de hacerlo. Reparten sus volantes y les encantan sus clases.

Entonces, ¿cuál es el secreto de Benjy Fine? El campamento de tenis está una semana más cerca así que debo comenzar cuanto antes a escribir las lecciones del Manual de Oportunidades.

Capítulo 3

¡Hora de subir la escalera!

Mi tío Guillermo vino a cenar esta noche. ¡Qué oportuno! Era justo lo que necesitaba para obtener nuevas lecciones para mi Manual de Oportunidades.

Estaba comenzando a dudar de que alguien dijera algo que me ayudara. Generalmente la gente solo habla y habla, pero como siempre dice mi mamá, hablar es barato. Solo unos pocos tienen algo INTERESANTE que decir. Y dado que yo soy bastante parlanchina, realmente no entendía lo que ella quería decir.

He estado poniendo atención a las conversaciones de la gente, y realmente es impresionante. Pensé que yo era buena para hablar, ¡pero algunas personas pueden hablar y hablar sobre los más pequeños detalles! Después de un rato, parece que no escuchan nada —es solo bla, bla, bla.

Tío Guillermo es distinto —no es el típico familiar que trata a los niños como si todavía tuviéramos cinco años—. Para ser honesta, tío Guillermo no me trataba como una niña de cinco años cuando en realidad TENÍA cinco años. Generalmente me ha tratado como una igual, lo cual debo confesar que a ratos se sentía extraño. La mayor parte del tiempo, no tenía idea de lo que estaba hablando.

Últimamente ha estado compartiendo cosas nuevas que está aprendiendo en un curso sobre cómo ser un "emprendedor". "¿Emprendedores?", pensé para mí misma. "¿Esos no son los que tienen negocios?" Esa gente debe saber algo de generar oportunidades. ¡Es exactamente lo que necesita Javi en este momento!

Verás, yo escuché a mami contándole a tío Guillermo que la mayoría de las personas que conocemos están divididas en dos grupos: los que quieren su propio negocio, y los que quieren llegar a ser un profesional. Tío Pablo sueña con crear su propia empresa de construcción, y ha estado trabajando de contratista por muchos años. Parece que la cosa de la economía está difícil, eso dice la gente, pero tío Pablo sigue insistiendo. Algunos miembros de mi familia no lo entienden.

Hace mucho tiempo que papá me está impulsando para ser una profesional. Pero no veo a mi papá particularmente entusiasmado con su propia decisión.

Tío Guillermo es un ejemplo de alguien que no cabe fácilmente en ninguna de esas dos cajitas. Él es abogado, así que podríamos ponerlo en la cajita del "profesional". ¡Pero lo hermoso es que él no tiene un jefe! Tiene su propia oficina de derecho. Él dice que tiene clientes y que quiere "expandir su lista de clientes". Así que supongo que también podría ponerlo en la cajita de "dueño de un negocio".

Tío Guillermo siempre me ha confundido, porque no es fácil clasificarlo. Siempre usa muchas palabras grandes, que no entiendo bien. Cuando yo era más pequeña, ni siquiera estaba segura que estaba hablando español la mitad del tiempo. Incluso me imaginaba que era algún tipo de agente encubierto enviado por los extraterrestres a espiar a mi familia.

Tío Guillermo sí dice cosas INTERESANTES. Ahora veo por qué mi mamá y mi papá lo escuchan con tanta atención. La última vez que vino de visita, incluso yo lo escuché, realmente lo hice. Hablaba de ser una persona "emprendedora" que persigue las oportunidades. Ahí estaba aquella palabrita elusiva sobre la cual yo quería aprender. Después de todo, estoy escribiendo un Manual de Oportunidades, ¿no es cierto?

Tío Guillermo fue incluso más lejos. El curso le había enseñado que no se trata solo de perseguir las oportunidades, sino de hacer que aparezcan oportunidades. ¡¿Qué increíble, no?! Yo me quedé sentada ahí, paralizada y asombrada. ¿Realmente podía hacer aparecer las oportunidades? ¿Cómo? "Lo más importante para hacer aparecer las oportunidades", dijo tío Guillermo con mucha seriedad, "es la comunicación, especialmente si estás tratando de que algo suceda. Cuando necesitamos ayuda con algo, podemos comunicarnos con los demás". ¿La comunicación? ¿Pedir ayuda? Estas ideas me hicieron "clic" en la cabeza. ¡Natsuki no se comunica y Benjy sí lo hace!

Es verdad. Nada sucede por sí solo. "La forma en que nos comunicamos hace la diferencia en hacer que las cosas sucedan o no sucedan. Cuando uno realiza una PETICIÓN, es decir, pedirle algo a alguien", tío Guillermo hizo una pausa mientras observaba su vaso de agua, como si se estuviera asegurando que lo escucháramos bien, "necesita hacerse responsable de lo que está pidiendo". "Cuando haces una petición...", dijo mirando el fondo vacío de su vaso de agua, "necesitas hacerlo con responsabilidad, no puedes asumir que te darán inmediatamente lo que tú quieres o que entienden lo que quieres".

Aunque parecía estar seguro de lo que decía, me di cuenta de que también quería ser cuidadoso con cómo nos lo comunicaba. "Miren, no quiero que esto parezca un sermón. Es solo que se me abrieron los ojos cuando descubrí que, cuando realizo peticiones, no siempre las hago cuidadosa o responsablemente. A veces, simplemente informamos, exigimos, o pedimos las cosas indirectamente. ¡Y entonces nos preguntamos por qué las cosas no suceden como esperábamos! Ahora comprendo por qué mi asistente no siempre comprende lo que estoy pidiendo. Suponemos que los demás pueden leer nuestras mentes". Entonces, ¡anunciar a los demás lo que uno quiere sin realmente pedirlo o siendo indirectos no funciona! Bueno, mi hermanita Amalia es realmente buena para exigir cosas indirectamente. ¡A veces, mis padres hasta le aplauden sus débiles intentos de realizar peticiones! Pero una vez más, parece que es una de esas cosas que funcionan bien para niños pequeños, pero no para una niña de doce años (casi trece, ¿se acuerdan?).

Benjy se me vino nuevamente a la cabeza. Me imaginé cómo Benjy solicita las cosas. Parece realizar peticiones de una forma diferente, que es más llamativa. No solamente anuncia o informa, como lo hacemos la mayoría de nosotros. ¡Seguramente por eso es tan difícil entender lo que decimos la mayoría del tiempo!

Una pequeña luz comenzaba a iluminar esta idea de cómo hacer que aparezcan las oportunidades. Comencé a entender que realizar una petición tiene algo que ver con qué palabras o frases utilizamos: algunas frases son palabras de ACCIÓN y algunas son perezosas, soñolientas e incluso quejumbrosas. "Me ayudarías?" suena como una frase de acción.

31

La frase puede llevarnos de un lugar a otro donde preferiríamos estar. Ahora creo que comienzo a entender por qué mamá siempre ha dicho que estoy quejándome cuando digo cosas como: "Quisiera que alguien hiciera tal o cual cosa". Supongo que podríamos decir que esta no es una frase de ACCIÓN, ¡es una frase perezosa! Finalmente, otra lección para mi Manual de Oportunidades "Sabes, tío Guillermo..." dije preparando mi interrogatorio. "Yo pensé que me estaba comunicando con mis papás, pero parece que ellos

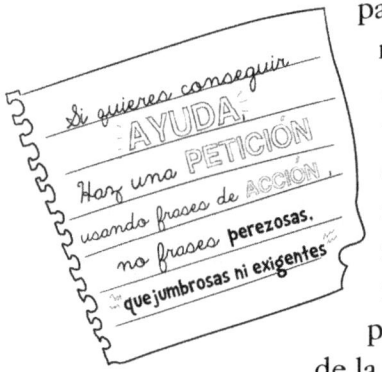

no logran ver qué cosas son realmente importantes para mí. Les conté que quería entrar a un campamento de tenis, pero ellos no me han querido dejar ir". No pude evitar un suspiro, porque todo este tema de la guerra familiar del campamento de tenis ya me agotaba. "Quiero aprovechar la oportunidad, pero mis papás no me dejan ir. Tío Guillermo, por favor dime: ¿Cuál es la mejor forma de realizar esta petición?" Levantando las cejas, tío Guillermo me miró fijamente. Finalmente, alguien me estaba escuchando. Se acercó a mí y yo, por supuesto, continué y continué hasta que él habló, deteniendo la caja parlanchina de Javi. "Javi, ¿estás segura de que hiciste un pedido, o solamente anunciaste que querías ir al campamento de verano? ¡Solo mira tus notas en el refrigerador!"

Tal vez nunca había realmente PEDIDO ir al campamento de tenis. Cuando le dije a mis padres que quería ir, lo desestimaron muy rápidamente. "Quizás tienes que parar de anunciar lo que quieres, y pedirle a tus papás que conversen contigo. ¿Por qué no intentas realizar una VERDADERA petición a ver qué contestan? Puedo acompañarte a hablar con ellos" dijo él.

Esperé con ansiedad a que mis padres volvieran al comedor. "Mami, papi", me atreví a decir, "¿ustedes me enviarían al campamento de tenis este año?" En ese momento, mi mamá confesó la realidad de nuestra situación económica. "Javi", susurró suavemente, "no es que no queramos que vayas al campamento de tenis, pero no tenemos el dinero para eso. Yo estoy estudiando, solo trabajo media jornada, y el sueldo de papá no alcanza para pagar todas las cuentas y arrendar esta casa para vivir en este distrito escolar. Javi, no sé si tú entiendes cuánto cuestan las cosas, así que voy a explicarte directamente. El tenis es un deporte caro: las clases de tenis cuestan dinero, la ropa de tenis es cara, la raqueta misma es cara y se debe reemplazar. Tú nunca nos has pedido pagar una actividad tan cara antes, así que simplemente no sabíamos cómo decírtelo".

En ese momento, tío Guillermo en verdad me leyó la mente. Incluso antes de darle mi mirada de "este es el fin del mundo", él habló. "Cuando hacemos una petición, es posible que te digan que no. Eso me pasa muchas veces cuando estoy intentando obtener nuevos clientes para mi oficina de derecho. Por lo menos ahora tus padres te han escuchado, saben lo que te importa y te toman en serio. Incluso cuando te dicen que no, hay otros 'movimientos conversacionales' que puedes realizar aquí". "Ahora esto se pone interesante", pensé en silencio, mientras tío Guillermo hizo una breve pausa. "Verás, Javi, pedir permiso para ir al campamento de tenis abre una CONVERSACIÓN".

La respuesta que a uno le dan no siempre es el fin del mundo. Así que relájate. ¿Quieres hacer que algo pase? Entonces eres tú la que tiene que seguir haciendo avanzar la conversación e inventar tus propias oportunidades".

Miró por la ventana un momento, mientras pasaba un furgón escolar con una docena de niños ruidosos. "¿Relajarme? Suena fácil, pero, ¿cuál es mi próximo movimiento, tío Guillermo?" "¡Muy bien, Javi, estás escuchando! Hay otros 'movimientos conversacionales' que podemos hacer. Puedes PROPONER una forma de superar el obstáculo del dinero, ¿me entiendes?" La mini-linterna comenzó a brillar más fuerte. La realidad es que un "NO" realmente nunca fue un obstáculo para mí cuando era más pequeña. Cuando tenía ocho años, quería una hermosa cocker spaniel, pero mis padres no me lo compraron. Así que me conformé con el primer mamífero que me encontré: ¡Un MAPACHE! Aunque era una mapache hembra, la llamé "Guillermo". Siempre quise un hermanito.

"Creo que ya entiendo lo que dices, tío. ¿Qué tal si yo propongo reunir fondos para el campamento de tenis?" "Ahora estás entendiendo los movimientos conversacionales, Javi." Me sentí subiendo la escalera de la madurez y salté lo más alto que pude. Las cosas definitivamente están cambiando. ¡Era momento de ponerse a trabajar!

LAS CONVERSACIONES abren NUEVOS caminos
Para generar oportunidades.
¡NO no es el fin del MUNDO que te digan que NO!
Existen otros movimientos conversacionales.
Pero
¡CUIDADO con lo que eliges como
MASCOTA!

Capítulo 4

El barco de las peticiones

Mis primeros intentos de hacer lo que yo pensé eran peticiones bastante efectivas no funcionaron muy bien esa tarde. Como siempre había sido muy habladora, yo creía que sabía cómo pedir las cosas. Pero parecía que mis peticiones estaban rebotando y volviendo hacia mí como cuando juego tenis contra el muro del patio.

Mi madre tiene sus reglas. La mayoría de ellas no las entiendo para nada. Por ejemplo, no puedo dormir en casa de una amiga hasta que cumpla trece años, ni siquiera donde Natsuki. Quizás es porque mamá no tiene tiempo de andar tomando café con sus mamás en la mañana, cada una hablando de sus niños. Tal vez si sacara tiempo para reunirse con ellas, podría conocerlas mejor y me dejaría quedar en sus casas.

¿Qué era lo que estaba pasando? Después de todo, quedarse en casa de una amiga no es caro.

A menos que me equivoque, no me van a cobrar por ir al baño ni nada —se supone que pasar la noche donde una amiga es gratis—. ¿Acaso no estaba comunicando mi petición de manera clara? Yo pensé que sería suficiente mirar a mami a los ojos con mi cara encantadora.

Pero ese no es el peor de mis errores de comunicación con mi mamá. Al comienzo de esta semana, me metí en un problema aún más grande con lo que ahora entiendo fue una petición muy mal hecha. Esa noche, no tenía lápices para mi tarea de matemáticas. Por supuesto, estaba muy molesta. Mi mamá se negó a salir a buscarme lápices para esa noche. Me dijo que yo nunca le avisaba a tiempo.

Como podrán adivinar, no conseguí mis lápices a tiempo. Al día siguiente, la Señorita Olmos tuvo

que escuchar una gran explicación sobre por qué mi
tarea de matemáticas estaba escrita con crayones.

Al parecer, debo mejorar todo este tema de
realizar peticiones. Pero créanme, ¡cuesta cambiar
nuestros hábitos antiguos! Era momento de hablar
nuevamente con mi tío Guillermo.

"Todos sabemos exigir las cosas que queremos",
exclamó tío Guillermo con un tono de voz que decía
'obvio, Javi', "pero realizar 'peticiones efectivas' es
algo completamente distinto. Javi, ¿tú sabes lo que
significa la palabra 'efectivo'?". Claro que sabía, "sé
cómo buscar una palabra en el diccionario" dije.

Efectivo.
(Del lat. effectivus).
1. adj. Que logra un objetivo.
2. adj. Que produce el efecto deseado.

Pero sentí que esto no era exactamente lo que tío Guillermo intentaba mostrarme.

"Javi, la próxima vez que necesites lápices, tienes que decirle a tu mamá para cuándo los necesitas y el tipo de lápices que necesitas. Esto no solo te ayudará a conseguir tus lápices, sino que mostrará tu preocupación por los tiempos y esfuerzos de tu mamá, reconociendo que ella trabaja y estudia, y que solamente tiene los fines de semana para ir de compras".

Entonces debería haberle dicho a mi mamá que necesitaba lápices para ese martes. El tipo de lápiz es fácil. Definitivamente no esos tontos lápices de "Hello Kitty" o "Bratz" ni ningún lapicito rosado. Denme un simple lápiz amarillo, número 2.

Ahora que aprendí a realizar peticiones, especificando el tiempo y dando los detalles de lo que quería, le conté a mi mamá que el próximo viernes necesito construir un barco para la celebración del mar. Le dije que quería ponerle luces brillantes y ventanitas azules a mi barco. Mamá y papá van a tener que apartar 3 horas cada uno, mi mamá para ir de compras y mi papá para ayudarme a hacer el barco.

Deberían estar contentos y sin quejas, porque no pude haber hecho una petición más clara, ¿cierto?

Yo estaba tan buena para esto de "realizar peticiones efectivas" que comencé a darme cuenta cuando otras personas hacían peticiones inefectivas. Me sorprendió que incluso las personas que admiraba, como la Señorita Olmos, muchas veces decían lo que querían indirectamente. A los adultos les encanta decir: "Almorcemos algún día", pero nunca dicen cuándo ni dónde. ¿Cuál es la idea?

Por supuesto, ya no podía ver a Natsuki quedarse callada teniendo tanto para decir. Como ese día cuando tuvimos una clase sobre las creencias en el mundo y la Señorita Olmos había preguntado si alguien conocía algo de los valores japoneses. Natsuki levantó la mano tan tímidamente que la Señorita Olmos ni siquiera se dio cuenta. Las Comadres estaban a punto de hablar cuando tuve que adelantarme y entrar en acción. Justo cuando una de las seguidoras de Kelly López iba a hablar, le hice cosquillas a Natsuki en todas las costillas, lo que la hizo levantar su mano muy alto.

"¿Si, Natsuki?", preguntó la profesora.

Natsuki sorprendió a todos con un discurso detallado sobre su amada cultura. Cuando se sentó, me miró fijamente y gruñó.

"¿Para qué hiciste eso? ¿Haciéndome cosquillas? ¿En serio, Javi?"

"Natsuki, amiga", contesté con mi nueva calma Zen, "si quieres pedir algo, o tienes algo que ofrecer, debes comunicarte, expresarte claramente para que los demás entiendan lo que quieres".

Ella intentó seguir con su ceño fruncido, pero pronto eso dio paso a una pequeña sonrisa. Esa tarde caminamos juntas a casa.

Cuando pidas algo o solicites AYUDA -una petición- no olvides decir para cuándo y cómo. Si no lo haces, ¡podrías terminar haciendo tu TAREA con crayones!

Capítulo 5

Más allá de lo obvio

Siguiendo el ejemplo de Benjy, me dediqué de lleno a preparar volantes. El éxito de las clases de guitarra de Benjy seguía siendo mi inspiración. Incluso salí de mi zona de confort, intentando hacerlos lo más bonito posible —claramente algo que no es mi estilo, pero estaba segura de que llamarían mucho la atención.

"¿Usted podría ayudarme a repartir estos volantes para que la gente me ayude a recaudar fondos para el campamento de tenis?", le pregunté a la Señorita Olmos, usando cada gramo de coraje de mi cuerpo.

La Señorita Olmos me miró con unos ojos que parecían lunas. Yo fui fuerte y sostuve su mirada, dibujando una sonrisa en mi rostro y mostrando mis dientes blancos. Era imposible que me viese más sincera en ese momento. Pero no recibí el entusiasmo que esperaba de la Señorita Olmos.

"Javi, ¿tú juegas tenis?", preguntó, guardando rápidamente el volante en el primer cajón de su escritorio.

Y esa fue solamente la primera de una lluvia de preguntas. Los volantes eran bonitos, yo parecía sincera. Entonces, ¿exactamente cuál era el problema?

Parecía que todo mi trabajo duro de todos esos años no estaba rindiendo frutos cuando se trataba de reunir fondos para el campamento de tenis. ¿Por qué todas las preguntas? ¿Acaso la Señorita Olmos no sabía quién era yo? Estaba comenzando a sospechar que mi familia era un misterio para la Señorita Olmos.

Yo sé que mi mamá no puede ir a las reuniones de padres pero, ¿qué pasaba con mis logros? Y la Señorita Olmos no era la única que me cuestionaba. Cada vez que le pedía ayuda a alguien con los volantes, me hacían muchas preguntas o solo me ignoraban. Nadie creía que yo era capaz de jugar tenis. ¿No se acordaban que yo podía correr muy rápido? ¿O que podía saltar tan alto como un canguro? ¿No había demostrado ya de lo que yo era capaz?

"Sí, tú eres capaz, Javi. ¡Capaz de caerte! No queremos otro 'incidente' como el del patinaje. Además, no te veo con un vestido de tenis. Eres demasiado marimacha", dijo Kelly sonriendo, mientras me condenaba para siempre a "marimacha-landia".

No entiendo cuándo las cosas se pusieron tan negativas con Kelly. Últimamente, ella parece disfrutar insultándome. Éramos buenas amigas en primero y segundo grado. ¿Quizás aún está molesta por el "Premio del Desafío Presidencial"? No ha sido la misma desde ese día.

Pero no solo Kelly y la Señorita Olmos dudaban de mí. Mi mejor amiga Natsuki también cuestionaba mis intenciones con el campamento de tenis.

"Javi", dijo ella, llevándose el dedo derecho a la boca, "creo que jamás te he visto jugando tenis".

Ahora mil pensamientos rondaban por mi cabeza. Natsuki podía ser mi mejor amiga, pero no sabe todo lo que me gusta hacer, no somos iguales. Por supuesto, yo debí haberme quedado callada, pero esa es mi debilidad, ¿entiendes? No sé guardarme lo que pienso. Siempre hablo sin pensar. Así es. Hablo sin pensar, con transparencia —¡No escondo nada!

"¿Y qué hay de ti, Natsuki?", le respondí después de un día entero de sentirme atacada. "¿Qué te gusta hacer a ti? ¡Yo sé que tomas clases de piano porque te gusta complacer a tu maestra! ¡No lo entiendo! ¿Quién toma clases de piano solo para pasar tiempo con su profesora?"

Mientras la discusión entre Natsuki y yo se acaloraba más y más, se desvanecía rápidamente la posibilidad de lograr que alguien me ayudara, especialmente la Señorita Olmos. Ese día la Señorita Olmos se fue de la escuela sin decir una sola palabra a nadie sobre mi volante. Kelly comenzó a comentar que yo quería ir al campamento de tenis solo para unirme a las Comadres. Pero lo peor fue que Natsuki no me habló el resto de la tarde. Eso no fue nada divertido.

Kelly y sus Comadres fueron a jugar en la parte "in" del patio durante el recreo. Natsuki en silencio realizaba dibujos que no compartía con nadie, especialmente no conmigo. Mi corazón se inundó de pena.

¿Me estaba perdiendo algo? ¿Mi petición de ayuda no estaba siendo efectiva? Quizás había algo sobre esto de la comunicación que simplemente no estaba entendiendo.

Le pedí a mis padres el número de teléfono de mi tío Guillermo y lo llamé después de la cena. Tío Guillermo me hizo muchas preguntas y finalmente suspiró largamente. Hizo una breve pausa.

"La comunicación puede ser complicada. Existen muchos tipos de peticiones, Javi. En algunos casos, como cuando pides un vaso de agua, es obvio para las personas por qué eso es importante para ti. En el caso de pedirles ayuda para enviarte al campamento de tenis, parece que no es tan obvio por qué esto es importante para ti, ni para nadie que te vaya a ayudar, en realidad".

Ahora estaba confundida. ¿Se supone que tenía que explicar a todos por qué quería ir al campamento de tenis? ¡Eso parece mucho trabajo!

"No, Javi, no siempre tienes que explicar cada detalle a todo el mundo. Pero los demás deben sentir que son parte de algo cuando te apoyan. Otra forma de pensarlo es considerar lo que tú estás ofreciendo. Esa es otra forma de comunicar que he aprendido en mi curso de emprendimiento".

¿OFRECIENDO? Otra gran palabra. Vaya, ¿cuántas palabras nuevas e importantes habrá?

"Tú estás pidiendo que las personas te apoyen, o te den dinero para algo, pero ellos no entienden por qué te importa eso, o por qué debería importarle a ellos. Si eres una jugadora de tenis profesional y conocida, tu oferta podría ser simplemente ofrecer el placer de contribuir a tu rendimiento —ellos se sentirían parte de eso—. Parece que, en tu caso, simplemente no está muy claro lo que estas ofreciendo. Es algo complicado, Javi. Pero estoy seguro de que se te ocurrirá algo".

Ahora tenía mucho que pensar. Creo que nunca he sido buena para decirle a las personas lo que quieren oír. Demetrio Skakakun es un experto en decirle a la gente EXACTAMENTE lo que quieren oír.

52

Yo era mejor haciendo lo opuesto: siempre logro decirle a la gente exactamente lo que no quieren oír, como la vez que le dije a mi mamá que sus pantalones nuevos hacían que su trasero se viera más grande. (Yo pensé que estaba diciendo algo obvio, pero mi mamá no lo vio así).

Le di las gracias a mi tío Guillermo, pero todavía no estaba segura por qué. Era tiempo de dormir y tenía un gran día por delante. Esto de la comunicación es realmente complicado.

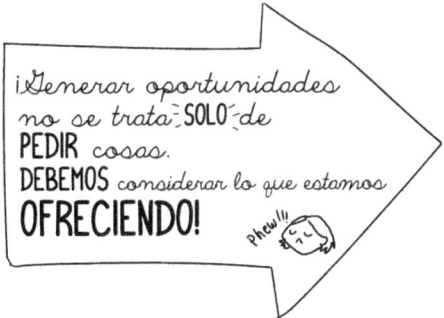

Capítulo 6

El ingrediente secreto

Tío Guillermo me dio una nueva palabra para pensar: Oferta. Pero no podía comprenderla aún. Solamente una persona que yo conocía podía ayudarme ahora: Benjy. Pasé por el gimnasio un día después de clases y lo encontré con sus amigos practicando una canción nueva que había escrito su tío Rodrigo.

Benjy anunció que su tío Rodrigo fue un rockero punk en los años ochenta, así que se supone que la canción tenía que sonar como punk rock (aunque no estoy segura cómo suena el punk rock y parece que tampoco ninguno de ellos). Pero algunos de los otros chicos de la banda decían que les gustaba la música ranchera mexicana (otro sonido que desconozco). Como sea, debe haber sido una mezcla chistosa. Parece que aún no encontraban bien su propio sonido, pero eso no los desalentaba. Parecían estar pasándola muy bien.

Me di cuenta que cuando uno de los chicos se equivocaba con una nota, Benjy lo corregía muy amablemente. Quizás yo podía aprender algo de Benjy y su manera de trabajar con los demás. ¡Vaya, yo tenía mucho que aprender!

Un grupo de niños los rodeaba. A todos les interesaba eso de la música. David, un niño tres años más pequeño que Benjy, les gritó: "Nos vemos en clase de guitarra a las cinco". Benjy le hizo un guiño y luego chocaron sus manos en el aire ruidosamente.

Era obvio que todos querían sentirse conectados con la banda de Benjy de alguna manera. Los niños que tomaban las clases de guitarra también se sentían "parte de algo". Mi gran cabeza dura finalmente comprendió que Benjy estaba ofreciendo algo más que solo una clase.

(Soy lenta para que las cosas entren por mi cráneo, pero cuando logro entender, ¡realmente entiendo!). Benjy parecía comprender las cosas con las cuales esos chicos querían estar conectados.

56

Benjy y yo nos quedamos conversando un rato después de la escuela. Yo quería preguntarle tantas cosas, pero tenía que tener cuidado de no aburrirlo. Así que lo primero que hice fue preguntarle por su guitarra negra y blanca.

"Yo me compré esta guitarra con el dinero que gané cortando el césped de mi vecino" dijo, mientras enrollaba una de las cuerdas de la guitarra, "lavando el auto de mi abuelo, y ayudando a mi mamá con las compras del supermercado en mi bicicleta".

"Cómo se te ocurrió todo eso?", le pregunté.

"No lo sé. Supongo que fue porque nadie más lo estaba haciendo", contestó.

Benjy parecía estar consciente de su entorno más de lo que yo había estado. Esto era algo para pensar, pero tenía otra pregunta.

"¿Cómo sabías que tenías que cobrar cinco dólares?"

Benjy sonrió. Metió la guitarra en su estuche y se dio vuelta para mirarme muy serio.

"Mira, es mejor pagar cinco dólares por media hora que pagar treinta. Eso le pagaban mis papás a mi profesor de guitarra. Además, la mayoría de los niños que quieren clases de guitarra aún no están totalmente seguros de que les guste tocar guitarra. Solo están probándolo".

¡Benjy estaba demostrando ser un genio! Finalmente comprendí por qué todos se habían vuelto locos con sus clases de guitarra y cómo consiguió que los profesores trabajaran para él. Él tenía que hacer una OFERTA. ¡Y qué gran oferta! Los niños cambian de idea todo el tiempo sobre las actividades que más les gustan. Los papás deben estar cansados de gastar dinero para las clases cada vez que un niño quiere probar una actividad nueva. Como mis padres casi nunca me pagaban algo a mí, todo esto era nuevo para mí. Quizás muchos padres no querían gastar treinta dólares por clase solo para descubrir que la guitarra es solo un gusto pasajero. Pero, ¿y si no lo hacían y terminaban matando los sueños de un niño para siempre? ¡Ajá! Ahí es donde servían las clases de Benjy. Benjy les da una idea de cómo es tocar la guitarra. Los padres pagan una pequeña suma de dinero. Si el niño lo toma en serio, los padres pueden "avanzar" y contratarle un profesor de guitarra de verdad. Si no lo toma en serio, los padres no han perdido mucho dinero, y lo mejor es que no tienen que sentirse culpables el resto de sus vidas. ¡Esa sí que es una OFERTA!

Finalmente podía verlo y sentirlo. La oferta de Benjy no era solo una que atraía a los niños y les ayudaba a sentirse bien al estar conectados con bandas de guitarra populares; era una oferta para los padres también, ya que los ayudaba a sentirse mejor consigo mismos. ¡Entonces una oferta ayuda a alguien a sentirse mejor consigo mismo también! Por eso los profesores estaban felices de repartir los volantes. Estaban ofreciéndole algo valioso a los padres, y algo que les hacía sentirse valiosos a ellos también.

Mi Manual de Oportunidades le debía mucho a Benjy. Era momento de escribir algunas notas.

Las oportunidades aparecen cuando realizamos OFERTAS que producen VALOR a los demás.

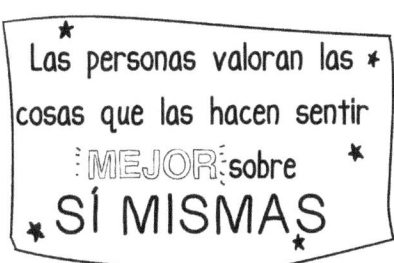

Las personas valoran las cosas que las hacen sentir MEJOR sobre SÍ MISMAS

Capítulo 7

El poder mágico de abrir los ojos

Al día siguiente fui al colegio con una nueva actitud. Pensé todo el día en esta idea de las OFERTAS que generan algo valioso para los demás. Comencé a OBSERVAR las oportunidades.

Durante el almuerzo, investigué un poco. Caminé afuera de la sala de profesores y observé que la mayoría de ellos comían sencillos sándwiches. Me asomé por la ventana de la oficina durante unos minutos hasta que la Señorita Olmos levantó la vista y me vio.

Yo había visto a mis profesores comiendo muchas veces, pero nunca antes había OBSERVADO realmente sus caras. La Señorita Olmos fruncía el ceño mientras mordía lo que parecía ser un sándwich de jamón, queso amarillo y pan blanco. Parecía hacerlo solo porque había que hacerlo, sin disfrutarlo realmente. Me di cuenta que solo terminó la mitad del sándwich y botó el resto.

Ella no parecía disfrutar su comida. Era como si comiera solo para llenarse antes de volver a clases. Su cara se arrugó cuando dio el primer mordisco. Otros profesores hacían lo mismo que la Señorita Olmos. Solo uno se había molestado en calentar en el microondas su comida antes de comer parte y botar el resto. ¿Qué pasaba con todos esos discursos sobre la nutrición? ¿No era importante que los profesores comieran bien igual que los niños?

Se me ocurrió que podía preguntarle a la Señorita Olmos por qué había botado su sándwich. ¿Estaría enojada u ofendida? No quería entrar e interrumpir el tiempo privado de mis profesores. Así que esperé pacientemente afuera de la sala de profesores mientras reunía el coraje para preguntarle a la Señorita Olmos sobre su experiencia en el almuerzo. Esperaba no ofenderla pero tenía que averiguar por qué había botado la mitad del sándwich. Nunca he sido buena para controlar mis preguntas. Y nunca he sido muy discreta, así que cuando la Señorita Olmos salió del comedor, me lancé a preguntarle.

"Señorita Olmos", dije acercándome a ella con un tono de voz serio y formal, "¿puedo preguntarle algo?"

La Señorita Olmos sabía que yo andaba en algo extraño. Suspiró y dio vuelta la cabeza, murmurando:

"¿Qué sucede, Javi?"

"Noté que usted botó la mitad de su sándwich. ¿No tenía hambre o no le gustó?"

La Señorita Olmos perdió su rigidez y se dio vuelta para mirarme. Parece que a la gente le gusta cuando uno muestra un sincero interés en sus vidas. Creo que los adultos le llaman a esto "empatía". Aunque la Señorita Olmos nos había leído un libro al respecto, hasta ese momento yo no sabía exactamente lo que significaba la "empatía". ¡Quizás es algo que deba intentar más seguido!

"Sabes, Javi", dijo, todavía algo sorprendida con mi pregunta, "muchos profesores no tenemos tiempo para cocinar todos los días. Y otros simplemente no tienen la imaginación para inventar comidas nuevas. Supongo que hoy no estaba de humor para un sándwich de jamón con queso".

Me sentí mal por la Señorita Olmos: profesores enseñando con el estómago vacío. ¡Qué imagen más triste!

No podía dejar de pensar que en mi casa siempre hay mucha comida sabrosa y siempre tengo esas cosas tan ricas que mi papá me hace para el almuerzo.

A mi papá le encanta cocinar. Especialmente recetas como tortilla española, empanadas y burritos. Papá siempre ha soñado con instalar su propio negocio de comida. Dice que está agradecido de su empleo como contador, pero que la comida es su verdadera pasión. Papá tiene un viejo carro de comida que una vez compró en una venta de garaje. Él estaba muy emocionado el día que lo trajo a casa, decía que lo había conseguido a un buen precio ya que era un carro de comida profesional ¡y ni siquiera lo habían usado! Mi mamá y yo esperamos y esperamos que hiciera algo con ese carro, pero el tiempo pasó y nunca instaló su negocio de comida. No sé por qué no lo intenta. Él prepara comida sabrosa y toda la familia siempre parece disfrutar de ella.

Entonces, seguramente él debe tener algo que nosotros realmente valoramos. ¿Acaso no estamos ante una oferta?

Papá se ríe de mí cada vez que toco el tema. Lo mencioné una vez más después de la escuela.

"Hija, uno no puede comenzar un negocio solamente con la familia como clientes, se necesita más que eso".

"Pero te podría ir bien, papá," dije en la voz más convincente que pude lograr. "¡Tú cocinas increíble! Apuesto a que podrías conseguir más clientes que solo la familia. ¿Por qué no lo intentas?".

"Javi, solo eres una niña. No lo entenderías. Crear un negocio cuesta mucho más de lo que tú puedas imaginar".

¿En serio? Nunca dije que fuera fácil, ¿pero por qué creía que era imposible? Pensé mucho sobre ese tema en los días siguientes. No me podía quitar la imagen de los profesores enseñando con el estómago vacío.

Recuerdo que cuando visité a mi primo Claudio y fuimos a su colegio, observé que había puestos de comida en muchas esquinas.

Era agradable hacer un descanso en la mitad del día y comer algo sabroso al aire libre. Acá he visto algunos carros de comida. Pero no hay ninguno donde yo vivo. Bueno, excepto por los grandes puestos de café afuera de los centros comerciales. Esos son muy lindos, pero no ofrecen mucha comida. Un carro de comida parece una buena idea para comenzar un negrocio.

¿Qué hace que algunos puestos de comida sean mejores que otros? Esta es una pregunta para los dueños de los puestos de comida. Recuerdo que esas personas siempre están dispuestas a hablar con cualquiera que los escuche. Una vez más, si no sabes algo, entonces haz preguntas. Hasta ahora, esto de hacer preguntas está funcionando bastante bien. Entonces, ¿quién hará las preguntas? Estoy segura de que mi querido primo Claudio estará dispuesto a ayudarme.

¡Tiempo de E-mail!

De: javiera.vega2001@gmail.com

Para: ClaudioMoraV@hotmail.com

Asunto: PUESTOOO!!!

Querido Claudio,

¿Cómo andan las cosas contigo? Si necesitas algo
de aquí, me encantaría poder ayudarte. Bueno, por lo
menos espero que el Manual de Oportunidades te pueda
ayudar. Hablando del Manual de Oportunidades, aún
intento descubrir cómo generar oportunidades. He estado
pensando en mi papá y sus habilidades como cocinero.
¿Por qué no poner un puesto de comida, justo aquí donde
yo vivo? Ya sé que puede sonar extraño pensar en un
puesto en este barrio; después de todo, las personas aquí
compran su comida rápida en lugares de comida rápida, en
los centros comerciales, o en los mini-mercados. Aun así,
tengo recuerdos muy bonitos de caminar durante el día y
comerme una "torta" allá donde vives. Me gustaba, porque
siempre se respiraba el aire fresco. ¿Me harías el favor
de hablar con las personas de esos puestos en tu barrio?
¿Les irá mejor a unos que a otros? ¿Por qué las personas
prefieren más un puesto que otro? Espero que estas

preguntas no te parezcan muy tontas. Mi cabeza está
dando vueltas mil veces por minuto con toda esta cosa de
las oportunidades.

Gracias, primo. ¡Me vas a salvar la vida! Javi.

enviar

8 horas y 45 minutos después:

De: ClaudioMoraV@hotmail.com

Para: javiera.vega2001@gmail.com

Asunto: Re: PUESTOOO!!!

Hey Javi!!!

¡Hola prima! Fui con mis amigos y mi hermana menor a dar
una vuelta en bicicleta cerca de tu antigua casa. Hablé con
todos los dueños de puestos que pude encontrar, y tenías
razón, hay uno que es especialmente exitoso: Tortas La
Doña. Mientras todos los demás cobran los mismos diez
pesos por una torta (tú sabes: esos sándwiches gigantes
rellenos de todo tipo de carnes, quesos, crema, aguacate
y cosas), esta pareja, don Manuel y doña Luisa, cobran
treinta pesos y son las más vendidas de todas. Hacen
fila alrededor de la cuadra para comprar sus tortas. Han

ahorrado suficiente dinero para enviar a sus dos hijos a la universidad. Hablé con algunos de sus clientes, que realmente parecían estar disfrutando su comida. ¿Sabes por qué están dispuestos a pagar veinte pesos más? Dicen que es porque sienten que están comprando una comida de calidad.

Cuando fui a los otros puestos, le pregunté a las personas que pasaban caminando si compraban ahí, y me miraban con vergüenza. "A veces comemos acá, pero después nos sentimos mal, porque realmente no sabemos qué estamos comiendo". El puesto de la pareja muestra la marca de las carnes e ingredientes que usan. Sus tortas son mucho más grandes, los ingredientes son más frescos y crujientes, y además ofrecen más opciones de ingredientes. Las personas hacen fila a toda hora mientras pasean por el barrio. Yo pregunté por qué no pueden hacerlos en casa. "Nos da una oportunidad de salir de la casa, de tomarnos un descanso. Además, Tortas La Doña siempre está introduciendo nuevos sabores, nuevas salsas, y tienen una manera única de mezclar los ingredientes".

Bueno prima, espero que esto te ayude. Hasta yo me sentí inspirado. Gracias por tus excelentes preguntas. Antes, yo pensaba que todos esos lugares eran iguales y que no había mucho futuro en esos pequeños negocios. ¡Ahora veo que tener un negocio propio puede ser algo muy entretenido!

Un abrazo,

Tu primo Claudio

enviaR

No supongas que algo no **FUNCIONARÁ** ¡Las **oportunidades** solo se producen si las hacemos **APARECER!**

Tiempo de reflexiones: ¡Guauuuu! Estoy impresionada. ¡Parece que hacer preguntas realmente funciona!

Mi papá tenía mucha razón. Necesitamos más que miembros de la familia para empezar un negocio. Y Tortas La Doña es un tremendo ejemplo de eso; además, están haciendo algo mejor —llevarle VALOR a los demás—. La gente se siente bien consigo misma comiendo ahí. Quizás porque se aburren de comer en la casa o simplemente necesitan una pausa del trabajo, salir a tomar aire.

Por primera vez desde que comencé con esta aventura, tenía un plan. Me encanta como suena eso, especialmente porque involucra a mi papá. Él dice que ama verme cocinar, enseñarme a hacerlo y comer lo que hacemos juntos. Dice que nos unimos más cuando cocinamos, aunque cada vez que quiero cambiar la receta, sacar la aceituna o ponerle un queso distinto —como el havarti— él me mira raro.

"¿Por qué la empanada tiene aceituna y huevo duro?", pregunté a mi papá esa tarde.

"Así es la receta", dijo muy serio.

Para él, era un compromiso con algo más grande que la cocina misma; era como si la receta fuera su historia. No sé por qué en mi familia la gente es tan apegada a las tradiciones. No creo que el fin del mundo llegue porque le agregue pimentón verde en vez de cebolla, solo una vez.

Regresemos a la realidad, por favor. Yo debería ceñirme a mi plan. Voy a tomar el puesto viejo de mi papá, unos platos de esos que conservan el calor y voy a OFRECER empanadas y tortillas durante la hora del almuerzo. De esta manera, ¡ahorraré para el campamento de tenis!

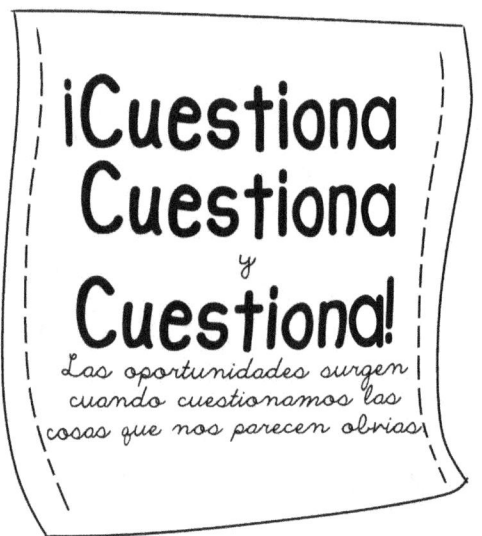

¡Cuestiona Cuestiona y Cuestiona! Las oportunidades surgen cuando cuestionamos las cosas que nos parecen obvias.

Capítulo 8

El lacto-desafío

El Puesto era un desafío. El colegio nos dio permiso para instalarnos afuera después de las horas de clases, pero solo por un mes. Para poder quedarnos más tiempo, la comida tenía que ser realmente buena —no solamente sabrosa—. Tenía que gustarles a los papás, a los profesores y claro, a los niños. Era un trato justo, ¡y yo estaba lista para un DESAFÍO!

Había algunas cosas que no había resuelto. Así que primero le pedí ayuda a mamá.

"Mami, ¿me ayudarías a ponerle precio a la comida? Estoy un poco enredada".

Es que eso de poner precios estaba un poco complicado. Al principio, mi mamá no supo qué responderme; lo pensó durante el largo camino a casa. Afortunadamente, ella tenía al mismo agente consultor que yo: mi tío Guillermo. Lo llamamos y lo invitamos a probar los ricos productos del Puesto, y después se sentó con nosotros y se puso a pensar.

Otra vez lo vimos sonriendo, aunque estaba algo cansado porque venía de su curso de emprendimiento. Nos regaló su charla mientras comía una empanada de carne.

"La verdad", dijo, "es que tendrás que ir viendo cuánto están dispuestas las personas a pagar. Si subes los precios, menos gente podrá comprar, y bajarán las ventas. Pero si se bajan mucho los precios, la gente no va a creer que la comida es buena —pensarán que usas ingredientes malos—. Lo peor es que no alcanzarás a cubrir tus costos".

Tío Guillermo se sentó con nosotras y calculamos el costo de cada empanada y tortilla. Calculamos algo llamado el "margen", que es todo lo que cobras más allá del costo; en otras palabras, mi dinero para el campamento de tenis. ¡Ahora entiendo para qué sirven las matemáticas!

Ponerle PRECIO a algo implica CALCULAR sus costos y comprender cuánto las personas VALORAN tu OFFERTA
La diferencia se conoce como MARGEN
¡Ahora estás ganando DINERO!

El primer día fue más o menos ocupado. La mayoría de los padres y profesores jamás habían probado una empanada casera. Pero nada me preocupaba más que el "factor aceituna". ¿Qué dirían al encontrarse con una aceituna al morder su empanada?

La verdad es que, como dije, las cosas iban bien. A los papás y profesores les estaban gustando las empanadas, mientras que los niños preferían la tortilla española. Los papás decían que la combinación de papas y huevo les parecía saludable, además de una buena alternativa a las hamburguesas, papas fritas y perros calientes que solían comer antes de llegar a casa.

Fue sorprendente cuántas personas le dieron una oportunidad al Puesto. No me llegó ni una sola queja. Quizás era demasiado pronto para cantar victoria, pero a decir verdad, las cosas avanzaban tan rápido que tuve que contratar a Natsuki, pues no podía vender y atender la caja al mismo tiempo. Me sorprendió lo ordenada y eficiente que era ella. Todos comentaban eso.

Habilidades interesantes tiene esta chica, ¿por qué no las había observado antes?

Mis papás fueron muy claros en que después del Puesto me debía ir a hacer las tareas como cualquier otro día. Yo no tenía ningún problema con eso.

Una tarde que hacía mucho calor, Natsuki y yo teníamos mucha flojera, así que no abrimos el Puesto. ¿Qué podría pasar?

Pues ese día me enteré de que la gente había esperado por nuestra rica comida. ¿¡Qué habíamos hecho!?

Al día siguiente la gente nos reclamaba muchísimo, como si hubiéramos faltado a una clase importante o hecho trampa en un examen. Pero me di cuenta de que cuando uno se dedica a esto, tiene que ser constante, como en una carrera. ¡Uno no puede detenerse para comer un perro caliente durante una maratón!

Tenía que tomarme esto más en serio si quería llegar a mi meta. "Tienes que ser excelente en tus compromisos", me dijo la Señorita Olmos, recordándome que de otra manera la gente de la escuela no me iba a tomar en serio. ¿Sería posible eso? ¡Yo soy muy seria! ¿Quién lo duda? Ya no les fallaríamos más.

Ofrecerle algo a alguien es un COMPROMISO. Para crear OPORTUNIDADES, Tú DEBES cumplirlos. Has hecho una ¡JAVI PROMESA!

✯ ✯ ✯

Y cumplimos la promesa: abríamos todos los días a la hora, y luego, al cerrar, dejábamos el carro solito, amarrado a un poste. Natsuki me ayudaba a regresar los platos de mi mamá, junto con todo lo que podíamos llevarnos a casa: envoltorios, servilletas y todas esas cosas, además de la comida, por supuesto. A veces, ella es tan linda que parece ser dos niñas distintas. Una es seria y misteriosa; la otra es como el capitán de un barco, mucho más ordenada que yo. ¿Cuál sería la verdadera? Eso me preguntaba yo, pero había otras cosas más importantes que hacer en esos días.

Mi mamá también ayudaba, por supuesto. Ella estaba feliz de echarnos una mano después de sus clases en la escuela estatal.

De pronto, pasó algo terrible. Después de dos semanas de probar esta comida "exótica" —por más difícil que resulte creerlo— perdió su novedad. Nuestras ventas comenzaron a caer, y lo que pareció ser mi camino hacia el éxito se transformó en el andar de una tortuga coja.

Para la tercera semana, yo me sentía agotada, y no estaba ahorrando lo suficiente para el campamento de tenis. Estaba f-r-a-c-a-s-a-n-d-o, ¡horror de horrores! Al final del día me quedaban muchas empanadas y tortillas, lo que agradecieron los únicos clientes realmente fieles que me quedaban: los perros y los gatos del barrio.

La verdad es que me estaba poniendo especialmente malhumorada. Todo lo que hacía parecía salirme mal. Incluso me desquité con la pobre y leal Natsuki. Un día ella le dio a una cliente una empanada de queso, cuando le habían pedido una de carne. Ah, pero eso no era lo peor: resulta que la cliente era intolerante a la lactosa y ya había mordido un pedazo. Su cara se puso morada, luego se hinchó su estómago. Para peor, Natsuki le ofreció luego un vaso con leche.

¡AAAAAHHHH!

Por supuesto, con mi suerte, las cosas siempre pueden ponerse peor. Resulta que la mujer era la mamá de Kelly López. Ella lo vio todo y fue como darle un tiro penal sin arquero.

Kelly ya había estado presionándome por lo del Puesto. Durante la clase de educación física, ella me enfrentó delante de las demás chicas y con esos ojos nerviosos y nariz respingada, me miró y dijo:

"Javi", como si diera un discurso, "yo pensé que eras una estudiante de verdad, una atleta... alguien con un gran futuro".

"¿Por qué andas con eso de ser una trabajadora? Nuestros papás no vinieron a esta ciudad para que hicieras estas tareas tan bajas. Tienes que salirte de ese trabajo tan sucio y penoso lo antes posible, al

menos si quieres seguir juntándote con nosotras...
¿Estamos claras?"

Yo no dejé que las amenazas de Kelly me afecta-
ran. Quiero decir, estaba ganando dinero y haciendo feliz a la gente —al menos eso creía—. Yo amaba
mi Puesto, no tenía quejas. Claro, hasta ese día, el
día más oscuro de la creación. El día del INCIDENTE
LACTOSA, el día en el que los inocentes dientes de
la mamá de Kelly se hundieron en una empanada
llena de queso grasoso, en vez de una empanada de
carne. Si solo pudiéramos borrar el Incidente Lactosa. Uf, pero aún no sé cómo hacer eso —viajar en
el tiempo, digo.

Kelly López tenía buenos pulmones y ese terrible día los usó para gritarme muy fuerte.

"¡¿Qué estás haciendo!?", dijo con una furia que yo no había escuchado antes. "¡¿Quieres matar a mi mamá!?"

Cuando su mamá regresó a la escena y pudo respirar normalmente, ella miró a su hija y la reprendió.

"¡Es suficiente, Angélica Pascualina López!", dijo enérgica.

Los demás niños ni siquiera sabían que el verdadero nombre de esta niña era Angélica Pascualina. Kelly ahora me miraba con más ira aún, como si millones de fuegos le ardieran por dentro.

Kelly tuvo su venganza: marchó directamente hacia la oficina de la directora. Benjy, los profesores y otros niños también habían llegado para ver lo que estaba sucediendo. No me gustaba nada de lo que estaba pasando. Me quedaba menos de una semana para terminar mi mes de prueba.

La directora fue dura conmigo. Se paró frente a mí, recta como un árbol.

"Dame una lista de los ingredientes que estás usando", dijo muy rudamente, como si yo estuviera vendiendo armas nucleares. Escuché susurrar a los niños. "Seguro usa alimentos en mal estado", "seguro les escupe". Pero la peor era Kelly, quien se tomó la escena y me señaló con el dedo.

"¡Que nos muestre su licencia de vendedora de alimentos!" ¿Mi qué? No tenía idea que necesitaba una licencia.

"Javi", comenzó la directora, "tienes que manejar tu negocio de una manera más profesional, esto no me parece nada bien".

Esas fueron sus últimas palabras. Me sentía herida, traicionada y cansada. Estaba derrotada. Pensé que estaba haciendo a todos felices, pero estaba equivocada. Y peor que eso: me acusaron de poco profesional.

"Natsuki", dije furiosa e injustamente, "¿qué rayos estabas pensando? ¡Le diste una empanada de queso a la mamá de Kelly! No solo eso: ¡Le diste un vaso de leche! ¡Todo esto es por TU culpa!

Yo la estaba atacando, pero Natsuki no se quedó ahí parada. Todas esas semanas de trabajo duro, responsabilidad y atender gente la habían cambiado. Ella no se quedó pasiva y callada como en otras ocasiones. Ahora tenía mucho que decir.

"Javi", dijo, llevándose los brazos a la cintura, "el carro ha estado lento toda la semana, ya todos probaron las empanadas. Tú dices que son ricas y sanas, pero la gente no puede comer queso grasoso y carne con masas todo el tiempo. Yo ya no aguanto más de esa comida, ¡por eso me traigo mis rollitos de sushi en la lonchera!"

Me mostró: ella tenía bolitas de arroz de distintos tamaños, y se veían realmente ricos.

"Pon atención", continuó mi amiga, tomando el toro por los cuernos: "Solo porque a ti te gustan las empanadas y tortillas, eso no significa que todos pensamos lo mismo. ¡Y eso claramente no es mi culpa! Sí, yo cometí un error... Lo siento, pero eso no te hizo perder el carro. Eso te lo has hecho tú solita. Quizás no te has dado cuenta, pero yo solamente he tratado de ayudarte. Aunque tú me lo pones muy difícil".

Natsuki puso su brazo izquierdo sobre mi hombro, y su rostro expresaba más tristeza que rabia en ese momento.

"Realmente estaba feliz de verte tomar iniciativa y poner el Puesto. Pero, ¿sabes qué? Con todo esto que ha pasado, comienzo a pensar que solamente quieres dinero fácil. No pones tu corazón en el Puesto. Todo esto es solo por el campamento de tenis, ¿no es así?

Respondí con silencio.

"Yo ni siquiera sé por qué quieres ir allá", siguió Natsuki: "Eres una buena atleta, pero todo este asunto te ha hecho una tremenda oportunista".

Oh, eso realmente había dolido. Pensé que ella sería leal a mí hasta el final, ¿cierto? Para eso son las mejores amigas. Ahora estaba entregándome un mensaje muy claro: que soy una chica codiciosa o algo así. ¿Dinero fácil?

La verdad es que no tenía la menor idea de lo que es ser OPORTUNISTA. Sonaba feo —peor que feo—, sonaba como un gran insulto. Además me daba cuenta de algo: discutir con Natsuki era realmente tonto, simplemente porque ella conocía más palabras que cualquier otro niño en mi clase.

Lo que sí tenía claro es que mi mejor amiga me estaba acusando de ser una mala persona. Y eso dolió como una flecha atravesando mi corazón.

Al parecer estaba más sola que un suspiro: estaba fuera del círculo de Kelly López y Natsuki tardaría en perdonarme, si es que algún día lo hacía.

Y había otro asunto más urgente: ¿Necesitaba licencia para mi Puesto? Estaba lista para tirar la toalla y dirigirme al desierto. Pero, ¿qué clase de historia sería esta si me hubiera rendido?

Lo que necesitaba era soltar un poco de energía, de eso estaba segura. Encontré a unos chicos mayores de mi cuadra.

"¿Qué quieres Javi?", preguntó uno.

Yo sonreí: ellos me conocían, y si yo estaba ahí, era por una sola razón.

"¿Qué crees tú?", contesté con voz desafiante. "Correr, ¿qué más?"

Habían pasado un par de semanas sin que compitiéramos. Yo había puesto toda mi energía en el Puesto y en mi obsesión con el campamento de tenis. Arón Silva tiene trece años, pero siempre había sido más bajito que yo y siempre estaba listo para una buena competencia. Dice que yo le ganaba porque era más alta que él. Pero Arón había crecido estos últimos meses. Ahora estábamos casi del mismo porte.

Corrimos alrededor de la manzana completa dos veces, y empatamos en ambas ocasiones. Sin aliento, mi rival se me acercó.

"Bueno, Javi", dijo, respirando muy fuerte, "has sido una gran contrincante, pero pronto seré más grande que tú, y te ganaré".

Sonreí, porque realmente no me importaba.

"¡Sí, claro! Entonces tendré un año para alcanzarte, chico", dije, más feliz de lo que había estado en mucho tiempo.

Hogar, dulce hogar.

Tuve que detenerme con lo del Puesto por una semana. Tenía que ordenar mis ideas y descubrir cómo superar esos detalles que nos faltaban. Debía buscar ayuda en el único lugar que no me iba a fallar: mi familia. Específicamente mi papi y mi tío Guillermo.

"Hola, chica", dijo mi tío Guillermo, "¿cómo andan las cosas?"

Mi tío nunca me había visto realmente triste. Me tomó con sus grandes manos y me puso a la altura de su cara.

"¿Estás bien? ¡Te ves un poco amarilla!"

Le conté lo que había ocurrido con el Puesto, con Natsuki y con la gran familia López. Me dijo que todos los negocios tienen "quiebres" o fallas, cuando las cosas simplemente no funcionan muy bien. Cuando las cosas funcionan bien, uno no se da cuenta de lo que debe mejorar, hasta que las cosas ya no funcionan.

"Abre bien los ojos", dijo, "y OBSERVA muy bien, pon atención a cómo responden las personas a lo que ofreces, incluso cuando no se están quejando. ¿Me entiendes? No todos reclaman cuando no les gusta algo. En general, no dicen nada: simplemente dejan de comprar el producto. Tienes que hacer preguntas y ESCUCHAR.

¿Observar? Todo eso de estar atenta, percibir, y observar parecía ser un asunto realmente importante, algo que debía tomarme muy en serio.

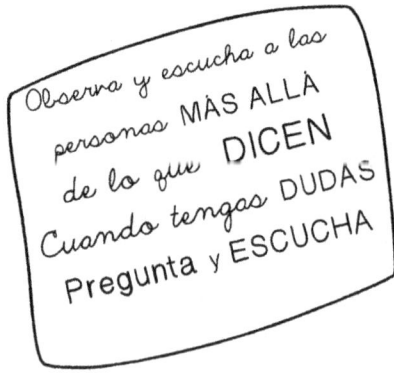

Observa y escucha a las personas MÁS ALLÁ de lo que DICEN

Cuando tengas DUDAS Pregunta y ESCUCHA

"No te preocupes", dijo. "Quizás incluso debas agradecer a Kelly y a Natsuki por lo que te han mostrado".

¿Qué? ¿Agradecer a Kelly López? Esa idea jamás se me habría ocurrido. Mmm, mi tío a veces me dice cosas tan raras.

En los días siguientes pensé mucho en mi buena amiga, la niña que traía sushi escondido: Natsuki. Sé que ella tenía súper-mega-hiper razón en todo lo que dijo: la fiebre por las empanadas y tortillas había pasado.

Mi error fue pensar que, solo porque había superado el Factor Aceituna, la gente estaba disfrutando mis empanadas lo suficiente para comprarlas todos y cada uno de los días. Ahora tengo muy claro que debí haberle preguntado a las personas lo que pensaban, y si tenían ideas para mejorar mi pequeño Puesto.

Natsuki me había hecho un favor tremendo después de todo, porque había sido la única que me dijo lo que estaba haciendo mal. Eso fue lo que me explicó tío Guillermo.

"Ella te dio un juicio", me dijo él. "¿Sabes lo que es eso?"

Lo miré durante los diez segundos más largos de mi vida. ¿Acaso sabía lo que era un juicio? Quería decir que sí, pero no sabía.

"No", contesté, avergonzada por no saber.

"Está bien", dijo, "mira, los juicios son cosas que las personas piensan pero no siempre dicen.

Algunas veces nos duelen, es verdad, pero no siempre debemos tomarlo de manera tan personal —es solo lo que la persona está pensando, su opinión, en ese momento.

No significa que la opinión es cien por ciento verdadera. Si lo piensas bien, es una oportunidad para mejorar lo que estamos haciendo".

Vaya, pensé. Esto va a tener que marinarse bien en mi cabeza. Entonces Natsuki me compartió un juicio: que yo estaba siendo oportunista y no le estaba poniendo dedicación al Puesto. ¿Cómo podía ser un poco más como el Puesto del que Claudio me había contado, La Doña? ¡Demonios! Ahora me di cuenta de que mi Puesto no tenía ni nombre. ¿Cómo había sido tan distraída? Quizás Natsuki tenía razón y no le estaba poniendo suficiente corazón a este asunto.

Es momento de una PAUSA: debo reflexionar.

Capítulo 9

Gracias al wasabi

Creo que mi mamá se sintió realmente mal por lo que pasó con mi Puesto de comida, pero lo que más le molestaba era aquello de mi pelea con Natsuki. Era raro que mostrara interés, pero al parecer ella valoraba mucho nuestra amistad. Mamá siempre estaba tan ocupada que yo creía que no se daba cuenta de ese tipo de cosas, o que simplemente no le importaba. ¡Y ahora me está diciendo que los amigos son importantes! Por primera vez mi mamá se metía en mis asuntos —me alegró ver ese nuevo lado de ella.

"Javi", dijo con voz segura, "¿qué te parece si llamamos a Natsuki y te quedas a dormir allá?"

¿QUÉ? ¿Estaba escuchando bien? Con la sorpresa me mareé y hasta me tropecé, pues como mencioné antes, mamá nunca me dejaba quedarme a dormir en la casa de nadie. No quise preguntarle nada más, por miedo a que cambiara de opinión.

Se me dibujó finalmente una sonrisa, la misma que también floreció en el hermoso rostro de mi mamá. ¿Quizás era el momento de insistir con lo del tenis también? No Javi, no te adelantes, una conquista a la vez.

"Me impresiona lo que lograron hacer con el Puesto", dijo mientras con su mano arreglaba mi pelo desordenado, "¿sabes? Me gusta que hayas sacado adelante tu propio proyecto".

La verdad es que, secretamente, ella estaba contenta de que el Puesto estuviera avanzando. ¡El viejo sueño de papá estaba vivo! El pobre Puesto había estado tirado en el patio trasero por mucho tiempo y yo veía cómo su presencia iba arruinando el jardín de mi mamá, aplastando algunas plantas y proyectando sombras sobre otras.

Mi mamá y los padres de Natsuki acordaron que yo me quedaría a dormir allá, pero aún quedaba resolver las cosas entre nosotras.

"¿Natsuki?", le hablé por teléfono, temerosa de su posible respuesta.

Ella tardó un poco en contestar. Al principio pensé que por timidez, pero entonces me di cuenta de que tenía algo en la boca.

"¡Javi!", contestó con mucha alegría, "mi mamá dijo que había hablado con la tuya y que vendrías".

Otra sorpresa más. Natsuki ya había olvidado el incidente. ¿Estaba realmente yo en otro planeta? Quizás era yo la alienígena y me cambié de dimensión. Una vez más, sentí que me estaba contando chistes sola y solté una risita.

Natsuki sonrió de vuelta, pude escucharla a través del aparato. Me sentí aliviada, como si me hubieran quitado un gran peso de encima.

"¿Qué esperas para venirte?", dijo ella.

Cené con Natsuki y sus padres, el señor y la señora Tanaka. Nunca había probado la comida japonesa más allá de un California Roll o algo así. Había unas bolitas de arroz muy bonitas, algunas tenían jaiba, aguacate y pepino. Todo estaba seriamente rico, "ñami ñami". El pollo teriyaki y la ensalada con salsa yuzo fueron sin duda mis favoritos.

"¿Segura que nunca habías probado la comida japonesa?", dijo la Señora Tanaka, viendo la voracidad con que me tragaba la comida.

Después de que los papás de mi amiga se fueron a dormir, nos quedamos despiertas hasta muy tarde. Era hora de un EXPERIMENTO, como le puso Natsuki. Lo que haríamos sería muy loco, ¡incluso para mí! Haríamos un viaje a las lejanas tierras de la comida japonesa.

Nos metimos en un gabinete que contenía varios frascos con nombres que yo no había leído nunca, desfilando frente a nosotros como un ejército de sabores.

"Tenemos salsa de soya", comenzó a enumerar Natsuki, "jengibre, salsa de sukyaki, soya baja en sodio, salsa ponzu, salsa yuzo, salsa teriyaki, salsa de anguila y wasabi".

"¿Wa-qué?

"Wasabi.

"Ah", dije, pero no tenía ni idea lo que era esa extraña cosa verde. Ella sonrió, con picardía. Teníamos mucho que aprender aún.

Ella me enseñó cómo hacer las bolitas de arroz, enrollar rollos con esa alga negra, ¿cómo se llamaba? Ah, sí: ¡Nori! Tuvimos que cocer mucho arroz porque siempre nos quedábamos cortas. Nuestros inventos nos quedaban cada vez más grandes.

Algo en mí había cambiado: cocinar no era solamente un medio para un fin. Había algo vivo en el arte de crear cosas para comer. Sí, ahora la cocina me estaba importando.

Natsuki tomó un poco de carne molida y la puso en algo que llamó una "gyoza" con salsa sukyaki.

No sabía que también había empanadas japonesas. ¡Era otro de los secretos de Natsuki! Yo había sido ciega a esas cosas, quizás porque no sabía observar.

Resulta que mi amiga no solamente era buena con la comida. Natsuki también tenía buen ojo para las ventas. Ha estado vendiendo comida y otras cosas de origen japonés, algo que no le había dicho a nadie en el colegio. El señor y la señora Tanaka pertenecían a la Cámara de Comercio Japonesa en la ciudad. Participaban en ferias y exposiciones donde la comunidad vendía sus productos. Pero no sola-

mente comerciaba cuando iban sus papás. Verán, Natsuki es fan del Manga, que es el nombre del cómic japonés y también de la animación de su país de origen. Así que ella se viste con un kimono tradicional y asiste a las conferencias, en las que aprovecha para vender ramen, fideos sobu y bolitas dulces.

Ella gana mucho dinero. Y no solamente vendía —¡Natsuki también actuaba!

Uno no debería ser tan rápido en juzgar a alguien, como lo hice yo con Natsuki. Después de todo, las personas son más de lo que parecen ser. Además, la gente cambia todo el tiempo.

"La comida japonesa no solamente es rica", dijo Natsuki, "requiere concentración y amor. Las cosas deben quedar bonitas, deben ser ricas para la vista".

"¿Cómo es eso?"

Ella comenzó a preparar un rollo, pero no era cualquier rollo: le puso aguacate, pepino, kamikana y para mi sorpresa, le agregó mango. Cuando me mostró como quedó, era una pieza de comida multicolor, casi como un juguete de plastilina. Pero más que eso, era lindo, atractivo a la vista.

"¿Viste?", me dijo, "todos saben hacer sushi ahora, pero no todos saben hacer el sushi de Natsuki".

Ya entendía: había tres conceptos que ella me estaba enseñando ahora, que antes ya habían aparecido cuando me hizo su JUICIO sobre mi compor-

tamiento. Era necesario dedicarse honesta y seriamente, era importante respetar lo que uno hacía y
por último, había que ser diferente. ¡Tremendas lecciones! Y habían estado frente a mí todo el tiempo.

Estaba tan entretenida conociendo la habilidad
de mi amiga para las ventas, que no miré lo que
me estaba echando a la boca. Algunas salsas eran
dulces, otras saladas, pero no me di cuenta cuando llevé a mi boca aquella misteriosa cosa verde:
wasabi. El campeón de los campeones en la comida
picante; era una de esas cosas que quisiera haber
sabido antes.

Los padres de Natsuki entraron y vieron la escena. No puedo olvidar la cara del señor Tanaka, que podría ser resumida de la siguiente manera: ¿Quéeeeee?

Mamá Tanaka fue más comprensiva y se rio mucho con nosotros. Pero no necesitó decir nada más. Natsuki entendió el mensaje: limpiar la cocina y eso hicimos. Incluso más que eso: hicimos desayuno para todos. Fue genial comer fideos por la mañana. Creo que todo salió muy bien. Las cosas finalmente estaban cambiando. Excelente.

Mientras probaba esos nuevos sabores, se me ocurrió una idea. Eso de seguir las recetas SOLO al pie de la letra no me gusta para nada. Yo había aprendido que la cocina era algo que debía hacerse con el corazón, que era muy parecido a mi otro amor, el deporte. Si había que exigirse y buscar la excelencia, entonces, ¿por qué no probar con otros

sabores, otras tradiciones, y ponerlas en nuevas recetas para las empanadas de mi Puesto?

La exploración con Natsuki había abierto puer-
tas nuevas para mí. ¡Entremos en ellas!

Capítulo 10

La Javi Misión

La semana pasada dejé qué mi mamá me llevara a cortarme el pelo y a comprar algunas faldas. Eso de cortarme el pelo no me gusta, siempre pienso en un *look* y al final no me resulta como imaginé. A mi mamá le gusta darme un aire "francés", ya saben, cómo esa chica de la película "Amelie". Mi mamá ama esa película.

"Javi, creo que te verías tan linda con falda".

"Siempre me dices eso, mami".

Ella me miró casi como suplicando, acarició mi rostro y puso esa carita de "cordero degollado" que sabe que me convence fácilmente. "Hazlo como un favor, todas usan falda de vez en cuando".

Ya que no podía decir que no, tendría la oportunidad de hacer un poco de investigación. Así es, tendría la posibilidad de ver los puestos de comida, qué es lo que comía la gente, cuándo y cómo.

La zona de comidas es una gran amalgama de olores y sabores, la gente siempre termina mezclando sus comidas. Algunos comían pollo mongoliano del local chino con nachos mexicanos. Unos niños comían hamburguesas de una parrilla y luego tomaban jugo de la tienda naturista. A la gente le gusta mezclar las cosas.

Había distintos sabores: un restaurante italiano, uno chino y uno indio, incluso uno que solo vendía comida Tandoori: pollo y carnes rojas. La señora que atendía me explicó que Tandoori era una clase de greda que hace que la carne se ponga roja. Eso me pareció interesante: la comida tenía una historia. Por otro lado, pude ver que la comida saludable estaba en furor, la gente se estaba cuidando, lo que me parecía fantástico. Gente que comía ensaladas y tomaba batidos de frutas.

Estaba tan concentrada en los restoranes que no me di cuenta que iba camino a chocar con otros seres humanos igual de distraídos que yo.

"¡Oye! ¿Qué estás haciendo, Javi?", dijo Benjy, molesto, "¿andas con la cabeza en las nubes? ¡Estuve moviendo mi mano delante de ti, pero ni siquiera me viste!"

"Estoy haciendo un trabajo de espionaje".

"¿Qué andas espiando?"

Le conté sobre mi torpe trabajo de espionaje.

"Qué niña más loca", dijo el chico, con su rostro lleno de honesta sorpresa. "Este no es el lugar correcto para aprender de sabores".

"¿Por qué no? Está lleno de comidas", dije yo, pero ahora la sorpresa era completamente mía.

Benjy dio una mirada rápida a los restaurantes del centro comercial.

"No, Javi", dijo Benjy, mucho más seguro que antes, "quizás debemos visitar a mi tía Gloria en el distrito gourmet. ¿Has ido?"

Moví mi cabeza diciendo que no. La verdad es que fuimos una vez por ahí, cuando yo era chica.

"Es un lugar en la ciudad", dijo Benjy, que ya sonaba como un profesor, "¡donde encuentras la mejor comida de todo el mundo!"

Entonces una lucecita se encendió en mi cabeza, quizás lentamente, como el viejo auto de mi abuelo. Debía hacerle una petición a Benjy. Claro, ya había mejorado en esto de la petición, pero por alguna razón, con este chico me costaba un poco más...

"Quiero conocer el negocio de tu tía, Benjy, ¿me llevarías?"

En ese momento vi que al chico se le iluminaron los ojos. Quizás (por insólito que parezca), me di cuenta de algo: él disfrutaba de mi compañía tanto como yo de la suya. ¿Extraño, verdad?

"Sí", dijo sorprendido. "Yo te llevo, ¿pero qué dirán tus papás? Mira, consigue permiso y me avisas".

Bueno, él tenía razón: una cosa era que Benjy me dijera que sí, otra muy distinta era que mi querido pero estricto papá me dijera que sí. Además, me había dado cuenta de que algo raro le pasaba. Quizás estaba de mal humor por el Puesto. No tenía ganas de hacer empanadas y en esos días casi no hablábamos hablamos del asunto. Mi pobre Puesto se quedó ahí, tirado en su viejo lugar en el jardín, como un recordatorio de que algunas veces los sueños no se cumplen.

Yo sabía que no era el mejor momento para hacer locuras, pero sentía que si iba a provocar un cambio, debía hacerlo con mis propias condiciones. Así que me despedí de Benjy, pero mientras se alejaba de mi vista, una cosa me quedó muy clara: tenía otra Javi Misión.

Mi papá estaba sentado arreglando un viejo teléfono. Era otro de sus "pasatiempos a medias": arreglar cosas que seguían malas cuando las terminaba. Me paré delante de él y puse lo que, según yo, es mi mejor "cara de angelita". Pero sabía que entre mis manos estaba la Caja de Pandora.

"Enfócate en tu tarea, Javi", dijo con su mirada severa, "si tienes tiempo extra, tomaremos clases de reforzamiento de matemática, o encontraremos un buen club de ciencias para después de la escuela".

Yo estaba confundida. Primero me ayudaba, y después me salía con eso de las matemáticas —además me va muy bien en esa clase— y las ciencias. ¿Qué había cambiado?

"Debes hacer más actividades extracurriculares", dijo. "Un día serás profesional, contadora, abogada o ingeniera, algo serio. La cocina es un pasatiempo, tú lo sabes bien".

No podía entender bien todo eso que él me decía. ¿Qué pasaba si mi papá estaba en lo correcto y yo estaba mal? Después de todo, lo de la comida nació por el campamento de tenis —que por cierto tampoco he olvidado.

Metí mi cabeza tan profundamente en los libros que llegué a perder la visión de las cosas. Incluso dejé que me metieran en clases de "Matletismo", el club de los genios de las matemáticas. Creo que realmente los distraía con toda mi conversa. Aunque la verdad es que amaba las matemáticas.

¿Estaba lista para acabarse esta historia? ¡Nada de eso! De visita en casa de Natsuki, descubrí que aún seguía en carrera.

"¿Y si llamas a Benjy?", dijo insinuante mi amiga, "creo que no te atreves".

"Lo haré".

"Apuesto a que no te atreves a decirle que venga".

Un desafío, eso era lo que ella estaba arrojándome. Y yo no podía resistirme a un desafío.

"Por supuesto que iré", dijo Benjy, "nos vemos a las tres, ¿te parece?"

Le dije que sí, obviamente. Natsuki saltaba de emoción. Vaya, demasiada emoción, ¿eh? Como sea, esto de llamar chicos, ir a la ciudad y escaparme de la vigilancia de los adultos era nuevo para mí. Aunque tenga que pagarlo más tarde, estoy haciendo lo correcto: estoy luchando por algo que creo justo, sano y bueno.

Nos juntamos tal cual quedamos: en la puerta de la casa de Natsuki. Sus papás sí la dejaban tomar el autobús, así que partimos rumbo al distrito de los restaurantes y cafés.

Los negocios eran realmente bonitos, todos tenían un aire distinguido. Incluso en el pequeño mercadito que cruzamos, había comida orgánica con una buena presentación. Una vez más: la comida también debe verse bonita.

Pero venían más sorpresas: el restaurante de la tía Gloria era realmente fenomenal. Hasta entonces, no sabía qué significaba aquella palabrita que mi mamá siempre decía. Ella es realmente apasionada cuando quiere serlo. Mi mamá me gusta, porque nunca puede mentir sobre esas cosas. "Fenomenal" para ella era más que genial y fantástico combinados.

"¡Fenomenal!", dije en voz alta.

¿Qué era lo increíble de ese negocio? Bueno, había muchas cosas impresionantes en aquel lugar. Desde el color de las murallas, hasta lo bien elaborado del menú. La tía Gloria era guapa: se veía mejor que muchas profesionales. Este lugar era su sueño y lo llevaba con elegancia, fuerza y algo más: cariño. "Compromiso", dijo ella. Esta era la voz de su alma.

En ese momento, comprendí que mi Puesto debía resultar. Esta vez lo haremos bien, con el gran ejemplo que tenía ante mí. No podía dejar de soñar.

Todavía me importaba lo del tenis, pero había una tormenta latiendo en mi corazón: ¡De esto se trata comenzar un negocio! Mejor aún: ¡De esto se trataba ser una emprendedora!

Cuando regresamos donde Natsuki, mi papá se enteró de nuestro viaje a la ciudad, al barrio de los restaurantes y todo el asunto. Me iban a castigar. Quizás lo merecía, pero no tenía miedo.

"M'ija", me dijo él, molesto por todo el asunto, "nunca me habías salido con algo como esto. Me mentiste. ¿Por qué?"

No había sido totalmente honesta con mi papá.

Supongo que es porque las cosas habían estado un poco extrañas en casa. Pero ahora él parecía estar muy enojado. Me sentía mal por mentirle, pero no por ir a la ciudad con Benjy y Natsuki. Si le hubiera pedido permiso, no me hubiera dejado ir. Y no hubiera visto el restaurante fenomenal y ejemplar de la tía Gloria.

Papá estaba cómodo con su manera de hacer las cosas, aunque estas no lo hicieran feliz. Por eso no cambiaba la receta —era un hombre que necesitaba de sus tradiciones.

Estuve en mi pieza un par de horas encerrada. Claro que no estaba feliz, pero no iba a ponerme a llorar. Tomé notas de lo que pasó, aproveché la oportunidad para reflexionar en la tranquilidad de mi cuarto, pero cuando estaba a punto de concentrarme, mi papá entró al cuarto. No se veía calmado, alegre ni tranquilo. Creo que él quería salir de esa situación, pero no sabía cómo hacerlo.

"Estás cambiando muy rápidamente", dijo tomando asiento sobre mi cama.

Yo lo miré. Sus ojos grandes eran como dos lunas llenas brillando en una noche despejada.

"Papá", le contesté, algo triste por lo que iba a decir, "y tú lo estás haciendo muy lento. Estás demasiado apegado a tus tradiciones".

Lo hice: le di a mi papá un juicio, como me explicó tío Guillermo. Él también me daría sus juicios de vuelta.

Papá me estaba tratando de hacer ver el dolor que le provocaba mi mentira y mi escapada. Algo que yo antes no me hubiera atrevido ni siquiera a pensar. Pedí disculpas, no porque me arrepintiera de mi viaje, sino simplemente porque mentirle a mi papá no estaba bien. Yo sabía eso.

Recibir juicios resultó ser mucho más sencillo que hacerlos. Nunca nadie había discutido ni generado una confrontación en la casa de los Vega, mucho menos mi padre. Así hacíamos las cosas, yo sé que entre dar un juicio y faltar al respeto hay una línea delgada, pero me dejé guiar por los instintos y el corazón. Y yo tenía un arma secreta: ideas nuevas.

Él, quizás por el tremendo cariño que me tenía, siguió escuchando igual. Lo estaba bombardeando sin piedad.

"Hay muchas nuevas recetas", comencé, anunciando mi ataque, "¿sabes? Comida que fusiona lo nuevo y lo antiguo. El mundo se está mezclando cada vez más".

"¿De dónde sacaste eso?"

"Tienes que ir más allá del Factor Aceituna", dije, moviendo mis manos en el aire como un mago.

Esa frase fue como noquear a mi padre. Le conté sobre lo que había visto donde la tía Gloria, cómo ese restaurante funcionaba de bien, lo lindo que era…

Mi papá estaba cambiando de opinión. Había visto algo de verdad en mis palabras, o tal vez simplemente era por cansancio. Pero estábamos listos: ¡Javi estaba en carrera otra vez!

TRABAJO EN EQUIPO
significa que a veces
debemos realizar
JUICIOS de los demás,
INCLUSO cuando nos
hacen sentir MAL

Capítulo 11

¡De vuelta a la carrera!

Como muchas cosas que antes me parecían imposibles, el permiso para poner el Puesto resultó realmente sencillo. En realidad se llamaba el permiso de "manipuladores de alimentos". Lo único que tuvimos que hacer fue pagar y tomar dos horas de clases el día domingo. Papá y mi fiel Natsuki aprendieron que compartían una pasión de ratón de biblioteca por tomar notas escrupulosamente de cada una de las instrucciones que nos dieron. Gracias a Dios que ellos disfrutan esa parte, de lo contrario yo no estaría libre para la parte realmente entretenida.

¿Y cuál es esta parte entretenida para mí? Pues sencillo: hablar con las personas. Claro, ya sé que todos me consideran una parlanchina, pero yo estaba aprendiendo a hablar más despacio, a escuchar con mayor atención y a realizar mis peticiones más claramente. Como diría mi tío Guillermo, me estaba comunicando EFECTIVAMENTE.

Hasta hace poco, todo ese asunto de "hablar en público" no me salía muy bien.

Por ejemplo, precisamente en la última oportunidad que la Señorita Olmos me hizo hablar en público, me pidió que lo hiciera más lento, que respirara despacio. ¿Qué tenía que ver mi respiración? La gente ponía su foco en cómo yo decía las cosas y no en lo que decía.

Bueno, a veces me toma tiempo aprender las cosas. Creo que ahora ya sabía qué intentaba decir.

Me concentré en cada una de las palabras que diría. ¿Por qué apurarme cuando tengo la oportunidad de ser el centro de atención? Después de lo que había aprendido, me resultó fácil hablar con la directora de la escuela, especialmente porque ya tenía el permiso para el Puesto. Le pedí que me dejara relanzar mi Puesto, usando todas las frases necesarias para una petición efectiva.

"Directora Lara", dije, armada con la convicción de estar haciendo algo bien, "¿estaría bien si abro el Puesto nuevamente?"

No estaba segura de estar haciendo una petición o una oferta. Mi tío Guillermo dice que son diferentes. Yo todavía no entiendo todo lo que él dice, ¿pero saben qué? No importa. Estoy tomando la iniciativa y eso es lo que vale.

La Directora Lara PIDIÓ ver el menú por adelantado, además de una foto de cómo se veía mi nuevo Puesto (¡Bien Javi! Identifiqué una

PETICIÓN). He aprendido que debíamos cumplir ciertas normas de higiene que la directora debía hacer cumplir.

¡Ups, necesitaba un carro más grande!

Debes estar preparado para lo que los demás puedan desear ¡APRENDE A NEGOCIAR!

"Le traeré todo en una semana", le dije, acortando mis propios plazos, "nos vemos entonces".

Era mejor enfocarse en el menú primero, porque era lo que tenía más claro. Era hora de trabajar en equipo, así que hice mi primera reunión oficial de equipo con Papá y Natsuki.

Sabía que las cosas no iban a ser fáciles al comienzo.

"Creo que tenemos que ver el recetario de la abuela", dijo papá. "¿Y si le ponemos nombres en japonés a la comida?", intervino Natsuki.

Afortunadamente tío Guillermo me había advertido de la posibilidad de un FIASCO. Me prestó un libro que se llamaba *Conversaciones para la*

Acciyn y aprendí nuevas prácticas para tener conversaciones como equipo —cosas que podía usar para mantener a todos enfocados en la mesa.

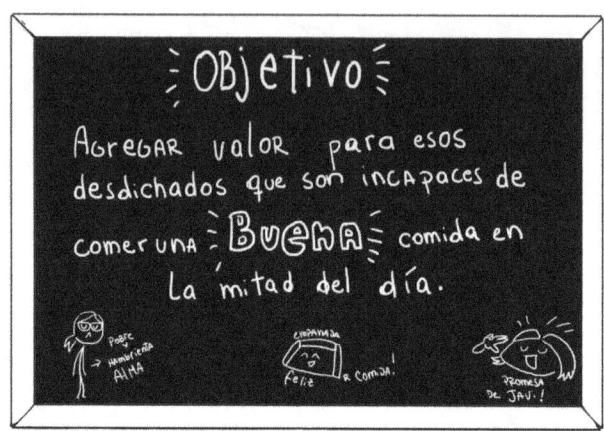

Me aseguré de mantener nuestro ánimo arriba durante nuestra primera reunión, repartiendo pasteles dulces y azucarados.

Para llegar a todo el barrio, tenía que hacer una OFERTA y por supuesto una oferta no era solo el producto. Ya había aprendido que estamos hablando de toda una experiencia.

Eso quería decir que necesitábamos hacer un DISEÑO del Puesto, la comida y el servicio que entregábamos. Tuve que pensar en el espacio para las oportunidades, algo que tío Guillermo intentó explicar, pero que nunca realmente había comprendido antes.

Pensé en todas esas áreas, como regiones en un gran mapa. ¿Dónde puede haber un área de oportunidades para un Puesto de comida?

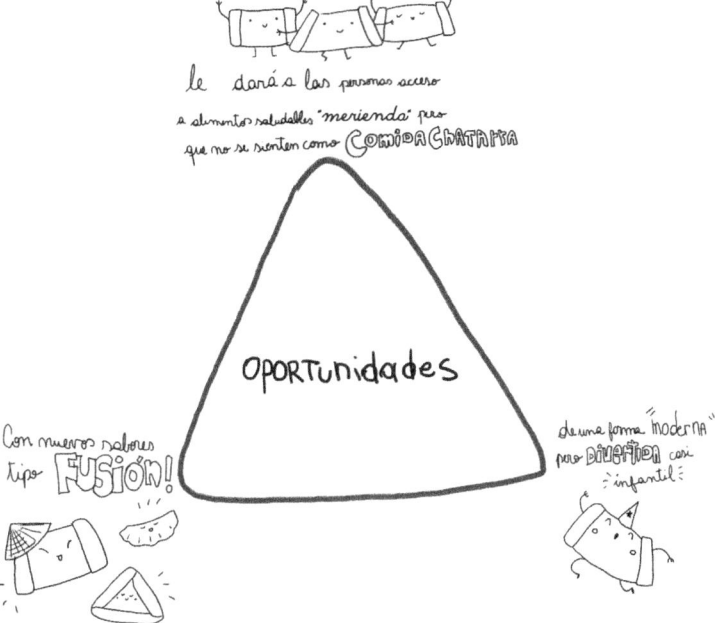

¡Define tu área de OPORTUNIDADES!

Papá todavía estaba luchando un poco por incorporar estas ideas nuevas. No era fácil simplemente abrirse a ellas de un día para otro.

"Papi", le dije, apoyando una de mis manos en su hombro, "cambiar la receta no es un delito y además, es por una buena causa".

Le recordé cuánto le gusta cocinar. Lo único que nos quedaba era volver a la cocina y realmente atrevernos a usar otros ingredientes.

Después de una ronda de experimentación, nos enfocamos en una nueva línea de productos: empanadas con tofu y jengibre, empanadas que fueran como una gyoza con salsa sukyaki, empanadas de costilla, además de las dos empanadas tradicionales que tanto amaba mi papá. Dejamos la tortilla, que era una de las favoritas de los niños y también hicimos una versión con vegetales para los adultos que están preocupados por sus carbohidratos.

Papá describía su receta para la tortilla española, usando una papa especial y más amarilla, que no podíamos encontrar en nuestro mercado local. Otra Javi Misión: encontrar la papa perfecta. Llamé a muchos mercados, pero no encontré nada hasta que finalmente di con una granja a unos 160 kilometros de acá. No podían hacernos un envío con las papas porque nuestra orden era demasiado pequeña.

Entonces, tuve que hablar aún MÁS, y conseguir que el supermercado local las pidiera. Había practicado muchas maneras de hacer peticiones. Cada vez que me decían "no", yo cambiaba algo de cómo quería las papas y finalmente, para cuándo las necesitaba. Comprendí que podía ser flexible. Y era una buena idea llevar a mi hermanita Amalia al supermercado conmigo cuando iba a hablar con los clientes —la gente encuentra irresistible todo lo que hace ELLA.

"Mira", me dijo el gerente, "te daré el precio normal de las papas, no te puedo dar precio de comerciante mayorista".

Entonces mi hermana y yo usamos nuestra mirada de "Gato con Botas". El hombre se dio cuenta de que estábamos negociando y por alguna razón no pudo resistirse al encanto de las hermanas Vega, así que nos dejó el precio de mayorista.

Después de un sábado de trabajo, tenía que liberar mucha energía el domingo. Así que me puse mis viejos zapatos de tenis, agarré mi raqueta y me fui a practicar contra el muro de atrás. Me sentía a gusto haciendo ejercicio, sin embargo, algo no estaba del todo bien.

Me fui a la calle, necesitaba a mi contrincante favorito: Arón Silva.

"¿Me desafías Javi?", dijo, muy seguro de sí mismo. "Sabes que en tenis soy mucho mejor que tú".

Ahora que lo pienso, él es el único que sabía que yo realmente jugaba tenis.

"Vamos a ver".

Fuimos juntos a la cancha de tenis del barrio. Jugamos por más de hora y media. Arón ya no era el mismo llorón, estaba mucho más fuerte y rápido. Y sí, ahora era un contrincante formidable. Era como enfrentarse contra un pequeño cañón.

La verdad es que el tenis era muy entretenido. Pero quizás ya no tenía la necesidad de ser la mejor tenista del universo. ¿Quería ir al campamento de tenis porque las Comadres iban ese verano?

No creo que ser parte de aquel grupo sea tan importante para mí, pero creo que ellas representan algo que yo SÍ ando buscando de verdad: EXCELENCIA. Yo creía que tomar muchas clases era el camino. Pero la realidad de nuestro presupuesto familiar se me ha hecho más obvia con toda esta experiencia del Puesto. Papá y mamá trabajan tan duro, aún están intentando sacar adelante a nuestra familia. Por ahora, las clases caras no son parte del presupuesto.

Si quieres lograr GRANDES *cosas; alcanzar la excelencia;* COMPROMÉTETE *con lo que amas hacer.*

Correr, sin embargo, es diferente. Siempre corro, al menos cuando no estoy hablando ni tengo mis pensamientos arriba en las nubes. Quizás puedo hacer que correr sea MI deporte. El Puesto me ha mostrado que ser excelente y comprometerse es más importante que tomar clases muy caras. Correr es un deporte mucho más barato que el campamento de tenis. Y yo amo correr con pasión. Aun así, tendré que entrenar muy duro si quiero correr maratones.

De todas maneras faltan menos de tres semanas para el campamento y me parece que los fondos no llegarían a tiempo. La idea de no tener que relanzar el Puesto de inmediato dibujó una sonrisa en mi rostro. Podía preparar mi Puesto con DEDICACIÓN, no apurada como lo hice la primera vez.

Para mi gran sorpresa, muchos profesores, padres y unos cuantos alumnos habían estado preguntando por el Puesto. A pesar de que llevábamos

Realiza tus ofertas con CUIDADO...

poco tiempo en el mercado, la gente creía que no-sotros simplemente íbamos a estar para siempre. Me preocupaba mi profesora, la Señorita Olmos, porque ella había vuelto a esos feos sándwiches de pan blanco, jamón y queso. Eso no podía hacerle bien a nadie, menos a una persona que trabajaba todo el día con niños gritones y parlanchines.

Y entonces vino a mí una revelación: mi Puesto no era simplemente una oferta ahora, era una NE-CESIDAD. ¡Vaya! Debía apurarme, así que hice una maqueta del menú siguiendo las indicaciones de tío Guillermo. Imprimí lo que se conoce como un "borrador" del menú. Cuando tío Guillermo sugirió por primera vez que hiciera un "borrador", bueno, ustedes se imaginan lo que yo pensé.

Resulta claro que debía probar mi idea antes de gastar dinero en algo. Eso me ayudaría a ahorrar dinero, energía y todo aquello que se usa para lo-grar el producto final. Este borrador me daría infor-mación sobre lo que debíamos cambiar, basado en las opiniones de las personas.

¡PROBANDO, PROBANDO, PROBANDO!

Y no solamente proporciona información valiosa acerca de las opciones del menú. Varios profesores tomaron la iniciativa de imprimir más ejemplares y pidieron a los estudiantes su opinión. Resulta que teníamos que ampliar nuestras opciones de bebidas más allá del agua. A la gente le gusta la fruta y comer sano, pero también les gusta lo dulce, por lo que comprendí que tenía que ofrecer una buena cantidad de batidos de frutas naturales también.

El Puesto se había vuelto tan importante para las personas de la comunidad, que también pude obtener su ayuda: varios profesores y estudiantes se quedaron después de la escuela durante una semana para mejorar el Puesto. Natsuki me ayudó a hacer un dibujo del tipo de carro que teníamos en mente. Se tenía que ver moderno y además estaría cubierto en aluminio metálico.

Natsuki creó una tremenda obra de arte y un lindo logotipo. Ahora todo el mundo sabía quién era Natsuki Tanaka y lo que era capaz de hacer. Kelly López y sus Comadres querían poner su arte en el Puesto, pero todos coincidieron en que Natsuki era la más talentosa. Otros niños comenzaron a pedir sus dibujos. Natsuki era una estrella del dibujo, ¡por fin se estaba haciendo notar!

Habían pasado tantas cosas que me había olvidado escoger un nombre.

"¿Cómo se puede hablar de algo que no tiene nombre?", preguntó mi papá. "¿Cómo lo recomendarán las personas a sus vecinos si solo es un Puesto sin nombre?".

Papá y mamá me ayudaron con una lluvia de ideas para el nombre. Después de todo, eran los inversionistas (una palabra elegante que aprendí, que significa los que están poniendo el dinero para comenzar algo).

La lista de ingredientes había aumentado, por lo que la cantidad inicial de dinero para echar a andar el Puesto también había crecido. Tío Guillermo ayudó —dijo que era una inversión "segura"—. Es que todo el mundo estaba hablando sobre mi Puesto. A pesar de que mi familia estaba invirtiendo, no me sentía bien usando "Vega" como el nombre comercial de mi Puesto.

Natsuki había desempeñado un rol importante y yo quería que todos los que participaron en el relanzamiento del Puesto lo sintieran como suyo.

Lo llamamos JollyFood, que en inglés quiere decir "Comida Feliz".

Natsuki y yo hicimos volantes para PROMOVER el Puesto más allá de los límites de la escuela. Se los dimos a todos los profesores, quienes a su vez los entregaron a los estudiantes, quienes los repartieron entre sus vecinos. Un círculo virtuoso.

JollyFood resultó mucho mejor de lo que Natsuki y yo habíamos imaginado en el papel. El Puesto era moderno y lleno de color.

126

Se convirtió en un lugar para que la gente del barrio pudiera juntarse a INTERACTUAR y CONVIVIR.

Yo no podía hacerme cargo del carro todo el tiempo. Con todo mi trabajo escolar y atletismo, mamá y papá se fueron involucrando cada vez más en el Puesto. Mamá organizó su horario de clases para atender el Puesto dos días a la semana. Papá comenzó a creer en el carro, tanto que le dedicó trabajo los fines de semana para mantenerlo abierto todo el día. Incluso estaba pensando en abrir un segundo local cerca de su trabajo, y quién sabe, tal vez ahora podría dedicarse a su pasión.

> *Cuando tengas una dura caída, levántate para intentarlo otra vez. ¡Nunca sabes hacia dónde te llevará tu aventura en la búsqueda de* OPORTUNIDADES!

Finalmente, tuve una oferta real, como la de Benjy. Otras personas, incluidos los ADULTOS, me habían ayudado a conseguir lo que quería hacer. Yo había empezado algo que había creado valor REAL para los demás. Tal vez no iba a ser una jugadora de tenis profesional de inmediato, pero mi persistencia y compromiso habían producido algo muy valioso después de todo.

Y quién sabe. Tal vez comenzar a entrenarme para ser una corredora estrella sea mi futuro. ¡Así es como termino esta parte de la historia!

Querido Claudio,

Quería agradecerte por toda tu ayuda con los carritos. Papá finalmente está haciendo lo que más le gusta y yo aprendí a generar oportunidades.

No he olvidado la promesa que te hice. Tomé notas durante la aventura. Finalmente, ahora quiero compartir contigo todas mis notas y reflexiones. Cada nota es una lección que aprendí en el camino.

Mirando hacia atrás, ahora veo que mis lecciones se pueden dividir en cuatro categorías:

1. Lecciones que tienen que ver con la manera más efectiva de pedir algo.
2. Lecciones que tienen que ver con ofrecer algo.
3. Lecciones que tienen que ver con escuchar.
4. Lecciones que tienen que ver con superar obstáculos.

Adjuntaré mi manual aquí con mis ideas sobre lo que significan las lecciones ahora.

¡Espero que esto te ayude en tus próximas "aventuras de oportunidades"!

Un abrazo,
Javi

Archivo adjunto: Manual de oportunidades.box

enviar

Manual de oportunidades

POR
JAVI

Lecciones sobre la manera más efectiva de pedir algo.

Lección

1. Gritar a todo pulmón solo funciona para unos cuantos realmente talentosos. Utiliza esta estrategia bajo tu propio riesgo y responsabilidad.

Decir algo en voz alta no significa que alguien te está escuchando. Y gritar podría llamar la atención de algunas personas pero no es la forma más madura de expresar lo que estamos solicitando.

2. A menos que tengas menos de seis años, NADIE puede leer tu mente. ¡El silencio es tu peor enemigo!

A menos que expresemos o digamos lo que estamos solicitando, será difícil que la mayoría de las personas nos lean la mente.

Nuestros padres o cuidadores queridos intentarán siempre adivinarlo cuando somos niños pequeños pero esto no funciona por mucho tiempo.

133

Lección

3. Pide lo que desees. Si puedes encontrar una manera de hacer que otros te ayuden, ¡has descubierto oro!

Si queremos perseguir una oportunidad, debemos lograr que otras personas nos ayuden a hacer que las cosas sucedan en el proceso. Dependemos de otros para intentar lograr lo que nos proponemos. La manera más común de hacer esto es realizando peticiones a los demás.

4. Si quieres obtener ayuda, ¡realiza una petición utilizando frases de ACCIÓN y no frases perezosas, quejosas ni exigentes!

Hablar de manera pasiva con frases como "quisiera que..." o "sería genial si...", o quejarse sobre lo que uno esta solicitando a los demás, no es la manera más efectiva de realizar su petición. En vez de esto, utiliza la forma activa del lenguaje donde indicas claramente lo que estás solicitando y a quién se lo estás solicitando.

134

Lección

5. Cuando pidas algo
   o solicites ayuda
   —una PETICIÓN—
   no se te olvide
   decir para cuándo y
   cómo.

   Debemos ser específicos sobre cómo queremos algo y para cuándo estamos pidiendo que suceda.

6. Las conversaciones
   abren nuevos
   caminos para
   hacer aparecer
   oportunidades. ¡No
   es el fin del mundo
   cuando te dicen
   que no! Existen
   otros movimientos
   conversacionales.

   Cuando alguien no puede acceder a lo que tú estas solicitando de la manera en que lo deseas, siempre es posible "contraofertar" y cambiar nuestras peticiones o proponer algo diferente.

135

Lección

7. Debemos comunicarle a las personas por qué algo es importante para nosotros, por qué estamos pidiendo su ayuda.

¿Qué estamos intentando lograr? ¿Cuál es nuestra preocupación?

8. ¿Estás preparado para negociar?

Escucha lo que los demás desean, propón un compromiso.

Lecciones que tienen que ver con ofrecer algo.

Lección

9. Generar oportunidades no se trata solo de pedir cosas. Debemos considerar lo que estamos ofreciendo.	Las ofertas son otra manera de comunicarnos con los demás para hacer que algo suceda.
10. Las oportunidades aparecen cuando realizamos ofertas que producen valor para los demás.	Las ofertas deben tener valor para los demás. Esto significa que los demás deben valorar lo que estamos ofreciendo.
11. Ofrecerle algo a alguien es un compromiso. Para producir oportunidades, debes cumplirlo.	Una oferta es un tipo de "promesa". Nos hemos comprometido a proporcionar algo a alguién y por eso debemos cumplirlo.

Lección

12. Dedícate con toda seriedad al realizar una oferta. Tu oferta debe ser diferente.

Cada detalle cuenta. Trabaja para asegurarte que tu oferta sea diferente.

13. Ponerle precio a algo implica calcular tus costos y comprender cuánto las personas valoran tu oferta. La diferencia se conoce como el "margen": ¡Ahora estás ganando dinero!

No tengas miedo de cobrar dinero por algo que los demás valoran. Si las personas valoran tu oferta, estarán felices de pagar un precio razonable.

Lección

14. Una oferta incluye la experiencia completa.	Una oferta no es solamente la cosa que uno está ofreciendo. Incluye también la forma en que se ofrece, el lugar, la apariencia, la sensación, la manera en que las personas se sienten cuando aceptan tu oferta.
15. Haz que las personas hablen acerca de tu oferta.	Cuando las personas hablan de una oferta, se convierte en una parte de sus vidas y esta es la mejor manera de hacer que los demás la conozcan.
16. Define tu área de oportunidades.	Comprende las otras elecciones que las personas tienen para hacer la misma cosa, e identifica dónde se ubica tu oferta en esa lista de posibilidades.

Lección

17. Realiza tus ofertas con cuidado.

Esta habla por sí sola.
Enorgullécete de cada detalle.

18. Comprométete con lo que te gusta hacer.

A veces nuestras mejores ofertas son las cosas que nos encanta hacer.

Lecciones que tienen que ver con escuchar.

Lección

19. Ten empatía con los demás; muéstrales que te interesa cómo se sienten.

La empatía implica estar sintonizados con y atentos a cómo se sienten los que te rodean. Házles saber que tú estás prestando atención.

20. ¡CUESTIONA, CUESTIONA y CUESTIONA! Las oportunidades surgen cuando cuestionamos las cosas que nos parecen obvias.

Nunca des por sentado el hecho de saber algo. Hay mucho qué aprender si buscas con dedicación.

21. Observa y escucha a las personas más allá de lo que dicen. Cuando tengas dudas, ¡pregunta y escucha!

Las personas no siempre saben cómo expresar lo que desean, ni tampoco si están contentas con algo que tú les has ofrecido. También presta atención a lo que no hacen y no dicen.

141

Lecciones que tienen que ver
con superar obstáculos.

Lección

22. No supongas que algo no funcionará. ¡Las oportunidades solo se producen si las hacemos aparecer!

Es fácil perder la paciencia y llegar a la conclusión de que algo no funciona bien. Debemos ser persistentes y seguir avanzando si creemos en lo que estamos haciendo.

23. Los grandes generadores de oportunidades fracasan antes de ser existosos. ¡Prepárate para saltar varias vallas!

Cometer errores o fracasos en algo no significa que no tendremos éxito finalmente. Fracasar es parte del proceso de aprendizaje.

Lección

24. Hacer que suceda algo implica trabajo en equipo. Y el trabajo en equipo significa que a veces debemos realizar y recibir "juicios" de los demás, incluso cuando nos hace sentir mal.

Los juicios no son más que opiniones de las personas, opiniones que podemos "fundamentar" o para las cuales podemos mostrar o no mostrar evidencia. No son hechos que revelan algo científicamente comprobado acerca de nosotros. Por lo tanto, no debemos tomarlas de manera tan personal.

25. Cuando tengas una dura caída, levántate para intentarlo otra vez. ¡Uno nunca sabe hacia dónde le llevará su aventura en la búsqueda de oportunidades!

Finalmente, ¡generar oportunidades es una aventura divertida!